딜리버

이야기 전달자

딜리버

이야기 전달자

전건우 지음

김영사

차
례

무엇이든 배달하는 소년

딜리버가 지켜야 하는 규칙은 간단하다. 무엇이든 배달할 것. 단, 배달료는 무조건 딜리버가 정한다. 그래서 배달할 게 무엇 인지, 어떤 어려움이 생길지 정확하게 파악하고 적정한 배달료 를 책정하는 것 역시 딜리버가 갖추어야 할 능력 중 하나다. 물 론 탑티어 딜리버일수록 부르는 게 값인 경우가 많다. 온갖 위 험이 도사리는 하층부에서 안전하고 신속하며 정확하게 배달 하는 탑티어 딜리버의 존재는 그만큼 희귀하고 대단하다.

그리고 내가 바로 그 탑티어 딜리버, 윤찬이다.

나는 G-3 구역으로 배달 중이다. 배달 물건은 자동차 엔진 이고, 내 자전거 뒷좌석 물품 상자에 잘 넣어 놓았다. 기계 부품이 턱없이 부족해진 지금, 엔진 정도면 무척 중요하고 값나가는 물건이었다. 배달을 신청한 이는 G 구역에서 계속 세력을 넓히고 있는 타이거 갱이다. 그들은 자동차 엔진을 살 만큼 금이 있다.

하늘은 언제나 그렇듯 연회색이었다. 다만 오늘은 모처럼 비가 내리지 않았다. 그것만으로도 감사해야 할 노릇이다. 폭우는 계절을 가리지 않고 이 땅을 덮쳤다. 사실 계절의 개념이 사라진 것도 오래전의 일이었다. 옛 지구에는 봄과 가을이 있었다고 하는데 나는 이야기로만 들었다. 절반이 물에 잠긴 이 하층부에는 지독한 여름과 혹독한 겨울 둘뿐이다. 폭우는 두 계절 사이에서도 공평하게 쏟아졌다.

구름 덕분에 치명적인 자외선은 어느 정도 가려졌지만, 문제는 기온이었다. 여름의 하층부는 종종 40도 가까이 기온이 올라가곤 했다. 냉각 마스크와 옷이 없으면 밖으로 돌아다닐 엄두도 못 낼 정도였다. 나도 당연히 그걸 착용하고 있다. 그것도 거금을 털어 구매한 최신형으로.

자전거는 깨진 아스팔트 사이를 쌩쌩 달렸다. 내 자랑이자 교통수단, 그리고 나를 탑티어 딜리버로 만들어 준 고마운 존재인 자전거. 난 이 녀석을 '질풍'이라 불렀다. 사물에 이름을 붙이는 취미 같은 건 없지만, 질풍은 내 친구나 다름없으니까.

옛날에는 국도라고 불렸던 이 길은 이제 도로의 기능을 상실

했다. 사실상 질풍이 아니라면 이 길을 달리는 건 불가능한 일이었다. 갈라지고 깨진 건 물론이고 벌어진 아스팔트 틈 사이로 식물이 자라 곳곳에 장애물을 만들어 놓았다. 거기에 빗물이 고인 곳까지 신경을 써야 했다. 물속에 어떤 생물이 살고 있을지 알 수 없었기 때문이다.

위험한 건 이뿐만이 아니다. 가장 위험한 건…….

크르르, 크르르.

위협적인 울림이 날아든 건 물웅덩이 두 개 사이를 막 지났을 때였다. 나는 자전거 사이드 미러로 뒤쪽을 확인했다. 나타났다. 곰이었다. 그것도 3미터는 족히 되어 보이는 거대한 곰. 그중에서도 백곰이었다. 북극이 사라진 지금, 저 하얀 곰을 누구도 북극곰이라 부르지 않게 되었다. 기형적으로 크고 험악하게 자란 백곰은 겨울잠 같은 건 자지도 않으며 대륙을 넘어 이곳까지 왔고, 결국 개체 수가 늘어나더니 이제는 하층부의 최강 포식자가 되었다. 바로 그 녀석이 쫓아오기 시작했다.

크아아!

백곰은 본격적으로 포효하더니 힘껏 달렸다. 기형화된 백곰은 시속 60킬로미터까지 달릴 수 있었다. 거대한데 빠르다. 그리고 무자비하다. 백곰에게 걸리면 살아남을 수 없었다.

나는 죽어라 페달을 밟는 동시에 앞으로 멘 가방에서 납작 화약 두 개를 꺼냈다. 내가 만든 납작 화약은 무기라기보다는 위협 도구였다. 상체만 살짝 돌려 백곰을 향해 화약을 던졌다. 납작 화약은 땅에 떨어지자마자 요란한 소리를 내며 튀어 올랐다. 놀란 백곰이 멈칫하는 게 보였다. 연기도 자욱하게 일어 백곰은 더 쫓아오지 못했다.

"잘했어."

그렇게 중얼거리며 나는 G-3 구역을 향해 다시 힘껏 달렸다.

타이거 갱의 보스는 스카라고 불리는 젊은 남자다. 누구도 그의 본명은 몰랐지만 오른쪽 뺨을 가로지른 큰 흉터 때문에 스카라고 불린다는 것쯤은 알고 있었다. 스카는 잔인하고 괴팍한, 그야말로 악당 같은 인물이다. 게다가 보스이면서 쩨쩨하기도 했다.

"금 두 덩이. 그 이상은 못 줘."

스카는 무장한 부하들 틈에 둘러싸여 그렇게 말했다. 양옆으로 늘어선 부하 여섯은 칼이나 총, 그리고 도끼 같은 무기를 들고 있었다. 스카도 가슴팍에 권총을 숨기고 있는 게 분명했다. 그렇다는 건 언제든 나를 죽일 수도 있다는 뜻이었다. 물론 내가 순순히 당할 리는 없지만.

"세 덩이. 이미 합의 끝낸 거잖아요."

나는 물러서지 않았다.

"두 덩이. 그깟 자동차 엔진 하나에 금 세 덩이는 너무 비싸."

스카 역시 고집을 꺾지 않았다.

"규칙을 아시잖아요."

"알지, 알아. 배달료는 딜리버가 정한다. 하지만 말이야, 어디까지나 예외는 있는 거 아닐까? 응?"

"예외는 없어요. 금 세 덩이를 못 주겠다면 전 이걸 다른 데 팔 거예요. 자동차 엔진을 쉽게 구할 수 없다는 것쯤은 이미 알고 있겠죠?"

나는 스카의 눈을 똑바로 보며 말했다. 그러자 이 짠돌이 보스는 싱글싱글 웃던 표정을 딱딱하고 험악하게 바꿨다.

"물론 알지. 그런데 너도 아는 거 아닌가? 이 자리에서 널 없애고 내가 저걸 손쉽게 얻을 수도 있다는 거."

뻔한 협박이었고, 딜리버로 일한 지 벌써 5년 차인 나는 이런 상황에서 어떻게 대처해야 하는지 잘 알고 있었다.

"자, 혹시 모르실까 봐 말씀드릴게요. 저 상자엔 비밀번호를 설정해 놓았는데 세 번 틀리면 자동으로 폭발해요. 그럼 엔진은 물론이고 이곳도 쑥대밭이 될 거예요. 또 하나, 용케 폭발에서 살아남는다 해도 앞으로 딜리버 이용은 절대 불가능할 거예요. 딜리버 연합이 보스를 절대 용서하지 않을 테니까요. 어때요?"

스카는 성격이 더러운 대신 마음을 바꾸는 건 빨랐다. 그만큼 머리가 잘 돌아간다는 뜻이기도 했다. 괜히 금 한 덩어리를 아끼려다가 더 큰 손해를 볼 필요가 없다고, 스카는 결심한 듯했다.

"좋아, 꼬맹이. 원래대로 거래하지. 하지만 내가 충고 하나만 하겠어. 어린놈이 그렇게 금에 환장하면 언제든 꼭 화를 입을 거야. 무슨 말인지 알아?"

"걱정하지 마세요. 필요한 만큼만 다 모으면 전 바로 여길 떠서 상층부로 갈 거니까."

나는 씩 웃으며 대답했고, 상자에서 엔진을 꺼내 던져 주었다. 그것으로 배달은 끝이었다. 오늘도 나는 성공했고, 금 세 덩어리를 얻었다. 연합에 한 덩어리를 떼 주어도 두 덩어리가 남는다. 이제 딱 100개만 더 모으면 상층부 행 자격을 얻는다. 그렇다는 건 엄마를 치료할 수 있다는 뜻이었다.

"늦었어. 평소보다 30분 이상 늦은 거야."

반야는 내가 도착하자마자 잔소리를 늘어놓았다. 이제는 완전히 고물이 된 지난 세기의 이 도우미 로봇은 수다쟁이였다. 처음 만들어졌을 때는 인간보다 더 지혜롭다고 해서 '반야'라는 이름이 붙었다고 한다. 하지만 이젠 참견 심하고 말 많은 고물 로봇일 뿐이다. 그래도 내게는 친구이자 가족 같은 존재다.

"백곰을 만났다니까! 지금껏 본 것 중에 제일 큰 놈이었어. 거의 5미터쯤 됐을걸?"

"윤찬, 아직 5미터 넘는 백곰은 발견된 사례가 없어. 방금 그 말은 인간 특유의 허풍이란 걸 나는 잘 알지."

"그러면 4미터."

"아니야."

"좋아. 사실 3미터 정도였어."

"그건 믿어 줄게."

그 말과 함께 반야의 가슴 쪽 스크린에 'OK'라는 단어가 떴다. 반야는 요즘의 로봇과 달리 이족 보행이 아니라 한 쌍의 캐터필러로 움직였다. 그래서 이동할 때마다 덜덜덜 하는 소리가 났다. 반야는 그걸 마음에 안 들어 했고, 상층부로 가게 된다면 자기한테도 다리를 달아 달라고 부탁했다. 그래서인지 녀석은 나보다도 배달 일에 더 진심이다.

"배고파."

내가 식탁 앞에 앉으며 말하자 반야는 토스트와 구운 달걀을 내왔다. 녀석은 요리 솜씨가 뛰어나다. 난 지금껏 반야가 구운 것보다 더 맛있는 달걀을 먹어 본 적이 없다. 내가 비결을 물어봤지만 그건 비밀이라고 했다. 누군가는 달걀구이가 다 거기서 거기라고 하겠지만 그건 반야가 만든 걸 먹어 보지 않아서 하는 말이다.

"다 먹고 가야 할 곳은 D-13 구역이야. 두 시간 안에 완료해야 하는 신속 배달 물품이고, 약속 시간보다 일찍 배달 시 추가 요금을 낼 의향이 있대."

그 말에 나는 달걀을 먹다 말고 반야를 올려다봤다.

"또 배달이라고? 그것도 D−13? 거기가 얼마나 위험한 구역인데 이 어린 소년의 몸으로⋯⋯."

"금 네 덩어리 주겠대."

"간다."

D−13 구역은 하층부 밑의 하층부다. 하지만 나는 최대한 빨리 토스트와 달걀을 먹어 치운 뒤 물 한 잔만 마시고 일어났다.

"물건은 이미 도착했어."

반야의 말을 듣고 접수실로 향했다. 내가 사는 집이자 사무실은 먼 옛날에는 작은 병원이었다. 배달 접수실 역시 원래 환자가 접수하는 곳이었다고 하는데 반야의 설명만 들었을 뿐 그 모습을 직접 본 적은 없다. 내가 태어났을 때는 이미 이 세상에 병원 같은 건 사라지고 없었으니까. 다만 요양원은 존재했다. 엄마가 계신 곳도 요양원이다. 병원이 사람을 살리기 위해 만들어졌다면 요양원은 사람을 죽음으로 인도하기 위해 존재했다. 하층부에는 요양원뿐이었다. 병원은 상층부에만 있었다.

"배달할 게 이거야?"

나는 바구니 형태로 된 상자를 보며 반야를 향해 물었다. 상자 안에 든 건 강아지였다. 갓 한 살이 됐을까 말까 했고, 보송보송한 흰색 털과 뭉툭한 주둥이를 가지고 있었다. 까맣고 동그란 눈은 반짝반짝 빛났다. 분홍색 혀를 내민 채 나를 올려다보는 강아지는 그 자체로 너무나 귀여웠다.

"맞아. 이상연구소 D-13 지부로 배달하면 돼. 이상연구소로 가는 거니까 유전자 조작을 한 생명체일지도 몰라. 서둘러. 조심하고."

"D-13 구역인 데다가 이상연구소라고? 거기 소문이 안 좋던데…… 게다가 유전자 조작이라니."

이상연구소는 수상쩍은 실험으로 이상한 생물을 만들어 낸다는 소문이 도는 곳이다. 누군가는 그 이상한 생물이 바로 섀도라 말하기도 했다. 그 괴물은 인간, 특히 성인이 되지 않은 아이들을 잡아간다. 아니다. 그냥 잡아가는 게 아니라 잡아먹는다. 하층부에 사는 사람 중에서 섀도를 모르는 이는 아무도 없었다. 그 존재를 믿지 않는 이도 없었다. 하지만 섀도가 어떻게 생겼는지, 어떤 식으로 활동하는지 아는 사람도 없었다. 그 이유야 뻔했다. 섀도와 마주치면 무조건 죽으니까.

"소문은 환상이지만 배달은 현실이야, 윤찬."

반야는 그 이름에 걸맞게 가끔 상황에 딱 들어맞는 철학적인 말을 했다. 이번에도 역시, 맞는 말이었다. 나는 이것저것 가릴 처지가 아니었다.

"알았어. 다녀올게."

나는 강아지가 든 상자를 짐칸에 싣고 자전거에 올랐다. 오늘 배달은 이 강아지가 마지막이 될 것이다. 신속 정확하게 배달을 끝낸 뒤 엄마를 보러 갈 생각이다.

힘껏 페달을 밟았다. 그때의 나는 알지 못했다. 그 배달이 내 인생을, 아니 세상의 모든 걸 바꿔 놓게 될 거라는 사실을.

하층부에서 태어나 살아가는 아이들은 세 부류로 나뉘게 된다. 어려서부터 갱단의 일원이 되거나 아니면 평범하게 살며 갱에게 이용당하는 부류. 세 번째는 아주 뛰어난 능력을 타고나 상층부로 올라가는 부류. 물론 세 번째 부류는 상당히 드물다. 상층부에서 원하는 능력은 상상력이다. 하지만 그건 살아가는 데 그다지 도움이 되지 않는 거였고, 그래서 난 내게 그런 능력이 있는지조차 생각해 보지 않았다.

그러면 나는 세 부류 중 어디에 해당하냐고? 어디에도 속하지 않는다. 갱도 아니고, 갱에게 시달리지도 않으며, 상층부에 갈 만큼 능력이 있는 것도 아니다. 그럼에도 윤찬이라는 내 이름은 제법 알려져 있다. 소년 딜리버는 그만큼 희귀하기 때문이다. 게다가 탑티어 딜리버 중에서 청소년은 내가 유일하다. 나는 내 손으로 운명을 개척하기 위해 달린다. 질풍에 올라서.

몇 시간 전과 달리 지금은 빗방울이 조금씩 떨어지고 있었다. 바람도 거세게 불었다. 날씨는 하루에도 몇 번씩 변했다. 반야의 말에 따르면, 인류가 날씨 예보를 포기한 건 100년 전부터라고 한다. 상층부와 하층부로 이 세상이 나뉘게 된 것도 딱 그때

쯤부터였다. 날씨는 하루에도 몇 번씩 급변했다. 지금 내리는 이슬비가 돌연 폭우로 바뀔 수도 있었다. 숨이 턱턱 막히던 기온은 갑자기 내려갔다. 나는 마스크와 옷의 냉각 기능을 껐다. 그러고는 비에 대비해 고글을 꼈다. 고글 역시 적외선 기능까지 있는 비싼 물건으로 암시장에서 샀다.

누군가가 나를 부른 건 그때였다.

"윤찬."

뒤를 돌아보니 '헤르메스'가 달려오고 있었다. 마른 체격에 날렵한 인상을 한 헤르메스는 나와 같은 탑티어 딜리버. 그는 오로지 두 다리로 달려서 물건을 배달한다. 물건을 배달할 장소가 아무리 멀리 떨어져 있어도 달리는 걸 멈추지 않았고 두려워하지도 않았다. 그건 특수 제작한 신발 '탈리아' 때문이기도 했다.

"헤르메스 아저씨!"

나는 반갑게 인사했다. 우리는 사는 지역이 비슷했고, 그래서 종종 동선이 겹치곤 했다. 헤르메스는 나쁜 생각 따윈 달리면서 다 털어 내는 듯 인성이 훌륭하기로 유명한 딜리버였다.

"배달 가니?"

헤르메스가 물었다.

"네, 아저씨도요?"

"응, 이건 비밀인데 말이야……. 책이라는 걸 배달하게 됐어. 그것도 이상연구소 본부로."

"네? 책이 아직도 있어요? 도대체 누가 어디서 그걸 찾았대요?"

"나도 소문으로만 들었는데, 5년 전부터인가 하층부를 떠돌던 책이래. 몇 권 안 남은 걸 다 소각했는데 이번에 한 권이 발견된 거야. 이것도 빨리 소각해야 하는데 이상연구소 본부에서 직접 하겠다는구나. 배달료를 꽤 후하게 쳐주는 바람에 거절할 수가 없었지."

"그래도 거기까진 꽤 먼 거리인데. 저…… 그런데 책 내용은 아세요?"

나는 호기심을 이기지 못하고 질문을 던졌다.

"큰일 날 소리! 책은 읽어서도 안 되고 만들어서도 안 되잖아! 난 그냥 둘둘 싸서 가지고 갈 뿐이야."

"하긴. 제가 괜한 걸 물었네요. 조심해서 다녀오세요."

"걱정하지 마! 이 날개 달린 신발이 있는 한 난 무적이니까."

헤르메스는 그 말을 끝으로 서둘러 달려갔다. 과연 특수 신발을 신은 사람답게 보통 사람이 뛰는 것보다 훨씬 빨랐다. 나는 이상연구소 지부로 가고, 헤르메스는 본부로 간다……. 우연치고는 꽤 이상하다고 생각하며 다시 페달을 밟았다.

얼마 안 가 먼 하늘에서 번개가 번쩍이더니 곧 천둥소리가 들렸다. 먹구름이 빠른 속도로 몰려와 점점 더 불어나고 있었다. 질풍은 완만한 경사를 빠르게 달려 내려갔다. 언제 뭐가 튀어

나올지 몰랐기에 나는 전방을 주시하고 있었다. 배달 완료 시간까지 한 시간 이상 남았고 나는 D-3 구역을 막 지났기에 여유롭기는 했다. 그래도 언제 폭우가 내릴지 모르니 서두르는 편이 나았다. 게다가 일찍 도착하면 금을 더 받을지도 모른다. 그런 생각으로 질풍의 페달을 힘껏 밟은 바로 그 순간, 몇 미터 앞 수풀에서 뭔가가 튀어나왔다.

부딪힌다!

본능적으로 브레이크를 잡았다. 경사는 완만했지만 내리막길을 내달리던 관성은 질풍의 뒷바퀴를 들어 올렸다. 나는 핸들 잡은 손을 놓았다. 자칫 자전거와 함께 넘어지면 크게 다치는 건 물론이고 물품까지 상할 수 있다는 판단 때문이었다. 자전거와 배달품은 보호했을지 모르지만 나는 튕기듯 하늘을 날았다. 짧은 순간이 아주 느리게 흘러갔다. 그 속에서 날 향해 뛰어나온 무언가의 정체를 알아볼 수 있었다.

소녀였다. 빨간 머리를 한 소녀가 허공을 가로지르는 나를 올려다보고 있었다.

잠시 후 나는…… 장렬하게 추락했다.

모든 걸 아는 소녀

엄마는 김밥을 잘 만들었다. 안에 뭐를 넣든 엄마가 만든 김밥은 맛있었다. 김밥이라는 음식은 엄마의 엄마, 그러니까 외할머니에게 배웠다고 했다. 그래도 그때는 요리라는 걸 했고, 그런 음식 중 김밥은 누구나 좋아했다고 엄마는 말했다.

"김밥을 말 땐 야무지게 말아야 해. 그래야 안 풀리거든."

'야무지다'라는 표현은 그렇게 해서 알게 되었다. 뭐든 잘하려면 야무져야 한다고, 나는 생각했다. 그래야 결과가 좋다. 엄마의 맛있는 김밥처럼.

엄마와 나는 종종 놀이를 했다. '어려운 단어 쓰기 놀이'는 엄마가 단어를 말하면 내가 뜻을 맞추는 식이었다. '교열'이나 '천둥벌거숭이' 같은 단어도 그렇게 해서 알게 됐다. '이야기 이어가기 놀이'도 엄마와 함께한 놀이 중 하나다. "마을에 괴물이 나타

21

났다."라고 내가 이야기하면 "멋진 영웅이 등장해 괴물을 물리쳤지. 그 영웅의 이름은 윤찬!" 하고 엄마는 나를 간지럽히며 말했다.

5년 전, 엄마가 쓰러졌다. 친구와 놀고 집으로 돌아왔는데 엄마가 보이지 않았다. 안방에도, 거실에도, 화장실에도 없었다. 분명히 마을 공동 작업장에서 돌아왔을 즈음인데도 엄마가 없으니 슬슬 걱정됐다. 나는 온 동네를 돌아다니며 엄마를 찾았다. 누구도 못 봤다고만 했다. 공동 작업장에도 안 나왔다고 했다. 꼬박 이틀 밤을 기다렸다. 엄마가 돌아오기를.

사흘째 되었을 때, 결국 잠을 이기지 못하고 잠깐 졸고 일어난 사이 엄마가 와서 거실 바닥에 쓰러져 있었다. 그게 다였다. 엄마는 다친 곳이 없었지만 깨어나지 못했고 계속 잠만 잤다. 어디서 무슨 이유로 사흘 동안 헤매다 왔는지, 어디가 안 좋아서 잠에 빠져 있는지 아무것도 알 수 없었다.

그때부터 나는 딜리버가 되었다. 금을 모아 상층부에 간다. 그곳에서 엄마를 병원에 데려간다. 내 목표는 그거 하나였다. 나는 반야에게 늘 말했다.

"엄마의 김밥을 꼭 다시 먹을 거야."

어렴풋이 소리가 들렸다.

"괜찮아?"

머리가 아팠다. 귀가 웅 하고 울렸다. 시야도 흐렸다. 나는 천천히 눈을 뜬 뒤 몇 번 깜박였다. 빗나가 있던 초점이 조금씩 맞아갔다. 누군가가 나를 내려다보고 있었다. 머리카락이 빨갰다. 떨어지기 직전 나와 눈이 마주쳤던 바로 그 소녀였다.

"누…… 누구? 무슨 일이지?"

"괜찮은 것 같네."

빨간 머리 소녀는 내가 던진 질문 두 개를 하나의 대답으로 통치는 재주를 선보였다. 심지어 내가 원하던 대답도 아니었다.

"내 상태는?"

다른 질문을 던졌다.

"괜찮다니까 그러네."

같은 대답이 돌아왔다. 이쯤 되면 내가 확인할 수밖에 없었다. 나는 누운 채로 손가락과 발가락을 차례로 움직여 봤다. 그다음은 팔다리였다. 마지막으로 조심스레 상체를 일으켰다. 이상 없었다. 여전히 머리가 쿡쿡 쑤셨지만 자전거에서 튕겨 나와 하늘을 가른 것치고는 말 그대로 '괜찮은' 듯했다.

이제는 주위를 둘러봤다. 내가 누워 있던 곳은 무성하게 자란 상수리나무 아래였다. 비가 제법 내렸는데도 거의 젖지 않은 건 나뭇잎 덕분이었다. 의문은 해결됐다. 물론 하나가 더 남아 있었다. 도로를 달렸고, 도로에서 사고가 났는데 어떻게 이곳 수풀 근처까지 올 수 있었는지 그게 궁금했다. 자전거도 나무 옆에 서 있었다. 강아지가 상자 위로 주둥이를 내민 게 보였다. 코 끝이 빨갰다. 여자아이 머리카락처럼.

"네가 날 옮긴 거야?"

빨간 머리 소녀는 고개를 끄덕였다.

"어떻게?"

"넌 궁금한 게 너무 많아. 계속 질문만 하잖아."

빨간 머리 소녀의 말에 나는 발끈할 수밖에 없었다.

"네가 갑자기 튀어나와서 이렇게 된 거잖아!"

"그건 미안해. 하지만 너무 급했거든. 그런 식으로 등장할 수밖에 없었어."

"뭐가 급하다는 거야? 아니, 그전에 네가 누군지부터 말해 줘. 난 딜리버고 이름은……."

내 말을 자르며 빨간 머리 소녀가 입을 열었다.

"알아. 네가 딜리버란 것도, 네 이름도. 난 자주야. 내 이름, 자주라고."

자주. 예쁜 이름이었다. 그러고 보니 머리카락도 그냥 빨간 게 아니라 자줏빛에 더 가까웠다. 자주는 크고 동그란 눈으로 나를 봤다. 무표정했지만 웃는 것 같기도 했고, 또 조금은 슬퍼 보이기도 했다.

"이름은 알았어. 이젠 왜 그렇게 급하게 튀어나왔는지……."

나는 말하다가 퍼뜩 깨달았다. 급한 건 나였다.

"몇 시지? 나 얼마나 이러고 있었던 거야?"

알람 기능까지 있는 시계는 자전거 앞에 달아 두었다. 내가 자전거로 가려고 하자 자주가 말했다.

"10분 정도 지났어. 그런데 넌 가면 안 돼."

"뭐?"

"가면 죽어. 함정이야."

"무슨 말이야?"

자주는 계속 알 수 없는 소리만 했다. 일부러 나를 방해하는 게 분명해 보였다. 이대로 말려들 순 없다. 배달 성공률 100퍼센트 딜리버의 명성에 금이 가는 건 절대 안 된다. 자주라는 아이가 누구인지 궁금해 묻고 싶은 것도 많았지만 지금은 움직여야 했다.

"넌 지금 이상연구소에 강아지를 배달하려는 거잖아. D-13 구역에 있는 바로 그 지부. 거기서 널 지목한 이유는 하나야. 실험체가 필요하기 때문이지. 거기 박사들은 널 실험체로 쓰려는 거야. 그러니까 가면 죽어."

나는 멍하니 자주를 봤다. 하고 싶은 말과 묻고 싶은 말이 머릿속에서 회오리쳤다. 그중에서 겨우 하나를 꺼냈다.

"나를 왜?"

그냥 딜리버일 뿐인 나를 왜 실험체로 쓰려 하는지 그 이유가 궁금했다.

"그쪽에선 널 위험인물이라고 생각해. 이건 나중에 자세히 설명해 줄게."

자주의 말을 듣고 나는 간신히 다음 질문을 던졌다.

"어떻게 알아? 그, 그러니까 이 모든 걸 말이야."

"나는 스트레인저거든."

"아……."

스트레인저. 그 단어 하나로 모든 게 설명 가능했다. 어느 시점부터 인류 가운데 돌연변이가 생겨났다. 그들은 일반인과는 다른 능력을 타고났다. 손을 안 대고 물건을 옮기거나 타인의 생각을 읽거나, 아니면 멀리 떨어진 곳에서 벌어지는 일도 훤히 볼 수 있었다. 돌연변이의 능력은 워낙 그 종류가 다양하고 또 강력해서 일일이 다 나열하기도 힘들다. 다만 그들이 마음만 먹는다면 무슨 일이든 할 수 있다는 건 모두가 아는 사실이었고, 그래서 상층부 사람들은 돌연변이를 경계했다.

하지만 돌연변이의 수가 극도로 적고, 그들이 일상적인 대화나 교류 등에 어려움을 겪을 정도로 불안정한 정신 상태라는 점이 알려지면서 그 경계심은 점차 사그라들었다. 그리고 어느 순간 사람들은 돌연변이를 스트레인저라 부르기 시작했다. 그 명칭에는 낯설고 이상한 존재라는 의미가 들어 있었다.

내가 아는 건 여기까지다. 나는 스트레인저와 마주친 적이 한 번도 없었다. 이제는 거의 다 사라졌다는 소문만 얼핏 들었을 뿐이었다. 그랬는데 자주를 만난 것이다. 자주가 스트레인저라면 모든 걸 아는 듯 말하는 것도 이해할 수 있었다. 물론 자기 말만 되풀이하는 고집스러운 성격도. 다만 그 모든 이해는 자주가 거짓말을 하지 않았다는 전제가 있어야 성립하는 것들이다. 처음부터 끝까지 거짓말이었고 다른 꿍꿍이가 있는 걸지도 모른다. 이 세계에서는 누구도 쉽게 믿어서는 안 된다. 나는 그 사실을 잘 알고 있었다.

"내 말을 믿기 힘들겠지. 나도 알아."

자주가 말했다.

"사람 마음을 읽을 수 있는 능력인 거야?"

나는 놀라서 물었다.

"아니, 넌 표정에 뻔히 드러나는걸. 너는 표정이 참 풍부하구나. 난 안 그런데."

"그거, 칭찬이지?"

"그럼, 나는 내가 느끼는 그대로 말할 뿐이야. 그리고 내가 보는 그대로."

"조금 더 자세히 설명해 줄 수 있어? 반대 상황이라면 너도 날 쉽게 믿지 못했을 거야."

내 말에 자주는 손목에 차고 있던 뭔가를 힐끔 내려다봤다. 나는 그 물건의 정체를 알고 깜짝 놀랐다. 그건 시계였다. 디지털로 된 게 아닌 바늘이 달린 지난 시대의 시계. 유물이라 불러

도 좋을 그 옛 물건은 엄마에게 들어 알고는 있었지만 실제로
본 건 처음이었다.

"나도 그러고 싶지만 시간이 없어."

자주는 시계에서 시선을 떼며 내게 말했다.

"무슨 시간?"

시간이 없는 쪽은 오히려 나였다.

"2분 후에 체이서들이 여기로 오거든. 나를 쫓아온 거긴 하지
만 너도 휘말릴 거야. 분명히."

"뭐? 그 얘길 왜 지금 해!"

나는 이번에야말로 자전거를 향해 다가갔고, 강아지가 든 상
자를 떼어낸 뒤 짐칸에 사람이 앉을 수 있도록 만들었다.

"뭐 해?"

이번에는 자주가 물었다.

"도망가야지! 빨리 타!"

자주는 내 말에 순순히 따랐다. 나는 자전거 뒤에 앉은 자주
의 무릎에 상자를 올려 줬다. 강아지가 끙끙거렸다.

"이제 1분 남았어."

자주가 말했다.

"꽉 잡아."

나는 자전거에 올라탄 뒤에 말했다. 자주가 내 옷을 잡는 게
느껴졌다. 체이서는 괴물이다. 끔찍하고 사악한 존재. 그것들에

게 잡히면 지옥으로 끌려간다는 소문을 들었다. 게다가 체이서
는 엔진이 달린 오토바이라는 걸 타고 다닌다. 그건 자전거보다
훨씬 빨랐다. 귀를 찢는 굉음을 내며 체이서는 인간 사냥을 했
다. 딱 한 번, 먼발치서 체이서 하나를 본 적 있다. 나는 두려움
으로 얼어붙었다. 다시는 그런 경험을 하고 싶지 않았다. 자전
거 페달을 밟았다. 그 어느 때보다 힘껏.

목적지는 없었다. 이미 이상연구소로 강아지를 배달하는 건
글렀다. 결국 돌아가는 게 제일이라고 판단한 나는 집을 향해
방향을 잡았다. 비가 쏟아졌다. 머릿속에 떠오르는 수많은 의
문을 뒤로하고 페달을 밟는 데 집중했다.

딜리버들은 각자 자신만의 이동 수단으로 배달한다. 헤르메
스처럼 그저 두 다리로 달리는 딜리버도 있고, 수레를 사용하
는 딜리버도 있다. 엔진이 장착된 건 불법이었다. 그러니 딜리버
가 가장 선호하는 건 아무래도 자전거였다. 탑티어 중에는 말을
타는 딜리버도 있다고 들었지만 직접 본 적은 없다. 자전거 역
시 구하기가 쉽지는 않다. 반야 같은 인공지능 로봇보다 더 구
하기 힘든 게 바로 탈것이었다.

상층부, 그중에서도 모든 의사 결정권을 가진 최상층부는 하
층부 시민이 마음대로 돌아다니는 걸 엄격히 금지했다. 허락 없
이 자기 구역을 벗어나는 건 즉시 처벌감이었다. 물론 단속이
그리 엄하지는 않았고, 그 덕분에 딜리버들이 활동할 수 있었

다. 상층부에서는 하층부 시민이 위로 올라오지 않는 이상, 그러니까 공중으로 향하지 않는다면 그리 신경 쓰지 않는다고 한다. 어쨌거나 조심할 필요는 있었다.

다시 한 시간을 달려 겨우 집에 도착했다. 내가 돌아온 걸 확인한 반야는 바로 달려 나왔다.

"강아지는 왜 그대로고, 저 소녀는 누구야?"

표정이 바뀌지도 않고, 목소리의 높낮이가 변하지도 않지만 반야가 당황하고 놀랐다는 건 충분히 알 수 있었다.

"설명하자면 길어. 일단 좀 쉴게."

다리 근육이 부풀어 오르다 못해 터질 것 같았다. 그 정도로 한 번도 쉬지 않고 열심히 페달을 밟았다. 나는 원래 병원 대기석으로 쓰던 기다란 의자에 털썩 주저앉았다. 끙 하는 소리가 나오려 했지만 억지로 참았다. 비에 젖은 몸에서 후끈후끈 열기가 올라왔다.

"무슨 일인지 이야기해 봐. 네가 도착하지 않으면 이상연구소 쪽에서 분명히 항의할 거야. 그것도 아주 심하게. 어쩌면 S-0에 있는 이상연구소 본부에서 직접 항의할지도 몰라."

반야는 그 말을 하며 내게 수건을 건네주었다. 그때까지도 자주는 멀뚱히 서 있었다. 어느새 상자에서 꺼낸 강아지를 품에 안고서.

"쟤도 비를 잔뜩 맞았어. 수건 좀 갖다줘."

내 말에 반야는 자주를 향해 다가가 마른 수건을 내밀었다. 자주는 반야를 물끄러미 보다가 수건을 받았다.

"넌 4세대 가사도우미형 로봇이네. R-co에서 만들어졌고. 옛 제품이지만 하층부에서 활동하는 로봇 중 가장 뛰어난 인공지능이 탑재돼 있지. 반야라는 그 이름, 정말 잘 어울려."

"아! 고마워. 그런 칭찬은 처음 들어 보거든."

반야는 누가 봐도 당황한 태도와 목소리로 서둘러 대답했다. 그런 뒤 나를 돌아봤다. 도대체 어떻게 된 일이냐고 그 둥근 눈이 묻고 있었다. 쉴 새 없이 반짝이면서.

자주가 수건으로 대충 머리와 몸을 닦은 뒤 집을 한 바퀴 돌아보고 마지막으로 소파에 앉는 사이, 나는 오늘 자주를 만난 후 지금까지의 이야기를 반야에게 들려주었다. 체이서 이야기를 꺼낼 땐 이미 위협에서 벗어났는데도 괜히 등골이 서늘했다.

"방금 그런 일이 있었다고?"

반야가 되물었다.

"너도 못 믿겠지? 나도 그래. 해답을 가진 건 바로 자주야."

반야와 나는 동시에 자주 쪽을 돌아봤다. 그 아이는 무표정한 얼굴로 주위를 둘러보기만 했다. 그러다가 혼잣말처럼 입을 열었다.

"여긴 옛 시대의 병원이구나. 내가 있던 아지트도 이런 곳이었으면 좋았을 텐데. 햇살도 비치고."

"아지트? 넌 어디 소속이야? 설마 딜리버는 아닐 테고."

내가 물었다. 자주는 잠시 고민하는 듯하더니 이내 말했다.

"난 반란군에 속해 있어."

"뭐?"

"반란군?"

반야와 내가 동시에 소리를 질렀다. 우리 둘 마음이 이렇게 잘 맞는 건 드문 일이었다. 반란군이라 하면 하층부에서 가장 위험한 조직이었다. 그들은 상층부와 하층부로 나뉜 세상을 뒤집으려 했다. 상층부와 하층부의 경계를 없애고, 위쪽에만 집중된 온갖 기술과 특혜를 공평하게 재분배해야 한다는 게 반란군의 주장이었다. 그걸 위해서라면 무력을 사용할 수도 있었다. 그랬기에 반란군은 종종 상층부와 산발적인 전투를 벌이기도 했다. 상층부의 주요 시설을 테러하는 일도 있었다. 반란군은 위험한 조직이었고, 그래서 그들 중 일부는 현상금 액수도 어마어마했다. 체이서가 주로 찾아다니는 이들 역시 현상금 액수가 높은 반란군이라는 이야기가 있었다.

"반란군에다가 스트레인저라는 거지?"

내 물음에 자주는 고개만 끄덕였다. 그것도 굉장히 느리게. 정신이 딴 데 팔려 있는 것처럼 보였다.

"맞아."

자주는 간단히 대답했다.

"체이서가 널 쫓는 이유를 알겠네. 자, 그러면 이제 궁금증을 좀 해결해 줘. 넌 왜 날 찾았고, 내가 실험체가 되었을 거라는 건 무슨 말이야?"

"나는 예지력을 지니고 있어."

"예지력이란 일어날 일을 미리 아는 능력을 말하지."

안 그래도 궁금했는데 어떻게 알고 반야가 먼저 알려 줬다. 자주는 처음으로 미소 비슷한 표정을 짓더니 이내 다시 말했다.

"모든 걸 다 알 수 있다면 좋겠지만, 내 능력은 한정적이야. 때로는 몇 주나 몇 년 뒤 일이 보이기도 하고, 때로는 몇 분이나 몇 시간 뒤 벌어질 사건이 보여. 내 마음대로 조절할 수 없어. 그저 미래가 보여 주는 대로 가만히 기다릴 뿐이야. 물론, 이 능력만으로도 다른 사람에게는 모든 걸 아는 것처럼 보이겠지. 실제로도 그런 취급을 받으니까. 혹시 '예언의 아이'라고 들어 봤어?"

"예언의 아이……."

하층부 시민 중 그 존재를 모르는 이가 있을까? 아니, 그 이야기를.

예언의 아이는 하층부를 구할 존재다. 상층부에만 쏠린 힘과 권력, 그리고 부와 여러 혜택을 빼앗아 모든 사람에게 골고루 나눠 주게 되는 이가 바로 예언의 아이다. 언젠가 그 아이가 나타나면 상층부와 하층부의 경계는 무너지고, 누가 누구를 억압하는 일도 사라지게 된다. 예언의 아이가 그렇게 할 수 있는 건 모든 이의 잠자고 있는 능력을 깨울 수 있기 때문이라고 한다. 그랬기에 예언의 아이를 '깨우는 자'라고도 부른다.

내가 알고 있는 이야기는 이 정도다. 아마 다른 사람도 비슷할 거다. 거대한 하늘의 성은 매일 지상에 짙은 그림자를 드리운 채 공중에 떠 있다. 저 멀리 성층권에 상층부가 자리 잡기 시작한 때부터 예언의 아이 이야기는 하층부 시민 사이에서 노래처럼, 전설처럼, 혹은 희망 섞인 기도처럼 떠돈다.

"반란군 사람들은 내가 예언의 아이라고 믿고 있어."

자주는 덤덤하게 말했다. 그런 건 관심 없다고 선을 긋는 것 같았다.

"아니란 거야?"

나는 조심스럽게 물었다. 자주는 다시 집 안을 둘러봤다. 뭔가 탐색하는 눈빛이었고 거기엔 호기심도 서려 있었다.

"나 이곳을 알아. 낯설지 않아서 신기하다고 생각했는데, 여러 미래 중에서 이곳을 봤어. 정확히 말하자면 이곳에서 너와 함께 있는 순간을 이미 봤어."

자주의 말을 듣고서야 왜 자꾸 두리번거렸는지 이해가 갔다. 나는 다른 질문을 던졌다.

"그럼, 여기서 무슨 일이 생기는지도 알아?"

"응."

자주는 고개를 끄덕했다. 그러고는 덧붙였다.

"넌 내 부탁을 듣고 먼 길을 떠날 거야."

"무슨 부탁? 아니, 그 전에 먼저 내가 궁금해하는 것들 전부 대답해 줘. 나에겐 정말 중요해. 딜리버의 명예가 걸려 있으니까."

"좋아. 내가 말을 잘 못하니까 시간이 좀 걸릴 거야. 그래도 끝까지 들어 줘."

이번에는 내가 자주의 말에 고개를 끄덕였다. 자주는 한 번 숨을 고른 뒤 이야기를 시작했다.

상층부 사람들이 자연재해를 피해 하늘로 향한 뒤 제일 먼저 한 일은 세상의 모든 책을 없애는 거였어. 너도 본 적 없을 거야. 책이란 걸. 형태와 내용을 떠나 그것이 읽을 수 있거나 들을 수 있는 거라면 전부 불태우거나 삭제했어. 그렇게 한 이유는 하나야. '제목 없는 책' 한 권이 이 세상을 리셋할 수 있다는 예언 때문이었어.

물론 그 예언은 내가 한 게 아니야. 상층부에는 나보다 훨씬 더 강력한 능력을 지닌 예언자가 있대. 이름이 '리더'라는 것 말고는 나도 그에 대해 아는 게 없어. 상층부 사람들은 리더의 예언에 따라 그들에게 해가 될 수도 있는 책을 찾던 중에 차라리 모든 책을 다 없애는 게 좋겠다고 판단한 거지. 그래서 지금은 누구도 실제로 책을 본 적

없는 세상이 된 거야.

　반대로 우리 반란군은 그 제목 없는 책을 찾아 나섰지. 그것만 있으면 상층부와 맞서 싸울 수 있을 거라고 생각했거든. 그러다가 결국 찾았어. 바로 그 책, 제목 없는 책을. 하지만 그 책은 아무도 읽지 못하게 봉인돼 있었어. 우린 봉인을 풀고 책을 복제해 하층부의 다른 시민에게도 나눠 주겠다는 목표를 세웠어. 그러자면 그 책을 '라이터'에게 전달해야 해. 라이터만이 봉인을 풀고 그 책을 읽어 낼 수 있거든. 문제는 라이터가 세상에 단 한 명밖에 남아 있지 않은 데다가 나이가 많아 언제 죽을지 모른다는 거야. 거기다가 아주 먼 곳에 있지. 이제는 폐허가 된 옛 도시, '서울'에. 상층부가 정한 데로 표현하자면 'S-O'이지. 그곳까지 그 책을 배달하는 데 우린 네가 제일 적합하다고 판단한 거야.

　그런데 그렇게 결정하고 얼마 안 있어 네가 상층부의 표적이 됐다는 걸 알게 됐어. 아마 리더가 이미 예언했기 때문이겠지. 넌 모르겠지만 이상연구소는 체이서를 만들어 내는 곳이야. 멀쩡한 인간과 동물을 합성해 괴물로 재탄생시키는 곳이지. 이상연구소에선 널 노리고 배달을 시킨 거였어. 그래서 내가 중간에 끼어들 수밖에 없었어. 아! 또 한 가지. 체이서는 지금도 날 찾고 있어. 느껴져.

　자주의 이야기는 거기서 끝났다. 오래 말을 해서 그런지 자주는 무척 피곤해 보였다. 그러거나 말거나 내 머릿속에서는 수많은 의문과 질문이 계속해서 솟아났다.

"난 간단히 먹을거리를 준비할게."

반야는 그 말과 함께 사라졌다. 강아지가 반야의 뒤를 따라 엉덩이를 씰룩이며 달려갔다. 나는 강아지를 보며 다른 의문이 떠올랐다.

"왜 하필 저 강아지였을까? 반야 말로는 유전자 조작이 된 것일 수도 있다던데. 사실 아무거나 배달시켰어도 난 갔을 거야."

"아까 말했지? 이상연구소는 동물과 인간을 합성해 괴물을 만들어 낸다고. 그러자면 그 동물과 사람이 오래 함께하면 좋다고 해. 나도 아는 건 여기까지."

자주는 그 말과 함께 소파에 몸을 파묻었다. 나는 좀처럼 편해질 수 없었다. 우선 이상연구소에서 날 노렸다는 사실이 섬뜩했다. 강아지도 마냥 귀엽게 느껴지지 않았다. 그리고 체이서가 그곳에서 만든 존재라는 것도 오싹했다. 새도는 그러면 뭘까? 이상연구소에서 나를 실험체로 쓰려던 건 체이서로 만들기 위해서였을까, 아니면 새도로 만들기 위해서였을까? 그런 의문도 피어올랐지만, 그래도 제일 궁금한 건 하나였다.

"그 책…… 지금 가지고 있어?"

내 질문에 자주는 계속 메고 있던 가방을 툭툭 치며 말했다.

"응. 이 안에 있어."

"한번 볼 수 있을까?"

"네가 배달하겠다고 하면 그때 보여 줄게."

"하긴, 그게 맞긴 하지."

나는 머쓱해져서 대답했다. 그러다가 문득 자주가 했던 말이 떠올랐다. '넌 내 부탁을 듣고 먼 길을 떠날 거야.' 그 말대로라면 내 운명, 그러니까 미래는 이미 정해진 게 아닐까?

내 생각이 표정에 드러났는지 자주가 얼른 말했다.

"네가 결정해야 해. 그래야 의미가 있어."

"궁금한 게 있어."

"뭐든 물어봐."

"내가 얻는 건 뭐야? 난 탑티어 딜리버야. 아무런 대가 없이 배달하진 않아. 엄마 때문에 그렇게 할 수도 없고."

"알아. 넌 금을 원하지?"

하층부 시민이 상층부에 올라가기 위해서는 금을 내야 한다. 그것도 500개를. 엄마를 치료하려면 내겐 그만큼의 금이 꼭 필요했다. 그래서 미친 듯이 배달했고, 미친 듯이 금을 모았다. 이제 100개 남았다.

"난 영웅이 아니야. 이 세상을 구하는 것보다 엄마를 치료하는 게 더 중요해. 그러니 그냥 네 부탁을 들어주려고 배달하는 일은 없을 거야."

나는 솔직하게 말했다. 몇 날 며칠은 지난 것 같았지만 오늘이 끝나려면 아직 한참 남았다. 짧은 시간 동안 너무 많은 이야기를 들었다. 머리가 무겁게 느껴지고 혼란스러웠다. 그래도 확실한 건 있었다. 배달을 원하는 의뢰인이 있고, 난 그걸 배달할지 말지 결정해야 한다는 것. 그리고 또 하나, 나는 히어로가 아니라 딜리버라는 사실.

"알았어. 상층부에 가려면 부족한 금이 몇 개야?"

자주가 물었다. 나는 머뭇거리다가 사실대로 대답했다.

"100개······."

"그거 모두 우리가 낼게. 아무리 반란군이라 해도 그 정도 금은 낼 수 있어."

"뭐? 저, 정말?"

나도 모르게 목소리가 커졌다. 배달 한 번에 금 100개라면 무슨 일이든 해야 했다. 고민할 필요가 없었다. 자주는 다시 말을 이었다.

"단, 조건이 있어. 라이터가 있는 서울까지 내가 동행하는 거야."

그건 찬성이었다. 자주를 뒤에 태우고 달리면 그만큼 힘은 더 들고 속도는 느려지겠지만 닥쳐올 위험은 피할 수 있다. 다른 배달과는 달리 이번 일은 배달 도중 여러 위험한 일이 생길지도 모르니까 자주의 도움이 반드시 필요했다. 나는 고개를 끄덕이며 손을 내밀었다.

"좋아. 내가 배달할게."

"그럴 줄 알았어. 하지만 조심해야 해."

자주는 내 손을 맞잡고 가볍게 악수하며 말했다.

"뭘 조심해야 하는 거야?"

내가 물었다.

"네가 배달한다는 건 나만이 아니라 상충부의 리더도 이미 알고 있을 거야. 이제 그들이 우릴 본격적으로 뒤쫓겠지."

"각오했어. 그리고 난 절대 잡히지 않아!"

내가 말하자 자주는 부드럽게 웃었다. 웃으니 훨씬 더 인간처럼 보였다. 나도 마주 보고 웃어 주었다. 자주는 가방을 열고 뭔가를 꺼냈다. 어떤 충격에도 견딜 수 있는 특수 금속 상자였다. 자주가 다시 상자를 열자 드디어 책이 모습을 드러냈다. 책이라는 걸 본 건 처음이었다. 낯설었다. 직사각형 모양의 그것은 듣던 대로 종이로 만들어진 것 같았는데, 겉에는 까만색만 칠해져 있었다. 제품명이나 설명 같은 건 한 줄도 써 있지 않았다. 자주가 말했던 '제목 없는 책'이라는 게 이런 뜻이구나 싶었다. 마음 같아서는 한 번 펼쳐 보고 싶었지만 그건 불가능했다. 그 책은 자주의 말 그대로 봉인돼 있었다. 투명한 비닐이 전체를 감싸는 형태였다.

"이 비닐을 뜯으면 무슨 일이 생길지 몰라 건드리지 못하고 있어. 책이 갑자기 산화할 수도 있고, 읽지 못하는 상태가 될 수도 있으니까."

자주가 말했다.

"라이터라는 사람은 이 봉인을 해제하고 책도 읽을 수 있다는 거지?"

내 물음에 자주는 바로 답했다.

"응. 내가 듣기로 라이터는 아주 오랜 옛날에는 책을 쓰기도 했대."

"뭐? 그게 가능해? 책을 쓴다니……."

"확실한 건 만나서 물어봐야지."

"좋아, 가자. 반야! 나 배달 다녀올 거야."

내가 외쳤지만 반야는 아무런 대답도 하지 않았다. 순간 안 좋은 예감이 머릿속을 스치고 지나갔다. 나는 자주를 돌아봤다. 동시에 자주가 내 팔을 잡아당겼다. 그러면서 속삭였다.

"놈들이야!"

"누구?"

체이서는 아닐 것이다. 그들이 타고 다니는 오토바이는 몇 킬로미터 밖에서도 들릴 만큼 요란한 소리를 내니까.

"디텍터!"

디텍터 역시 로봇이다. 단, 그것들은 반야 같은 가정용이 아니라 전투와 감시에 쓰인다. 때로는 상층부를 대신해 하층부의 범죄자를 잡거나 처단할 때도 동원된다. 아마 지금은 이상연구소에서 보낸 게 아닐까?

"반야!"

몸이 먼저 움직여 반야에게로 향했다. 자주가 조심하라며 팔을 당겼지만 나는 뿌리쳤다. 예전엔 병원 주사실이었으나 지금은 주방으로 쓰는 그곳에 반야가 넘어져 있었다. 몸체에서 불꽃이 튀며 연기가 피어오르는 중이었다. 그리고 창문 너머에 바로 그 디텍터가 서 있었다. 인간의 골격과 흡사하지만 몸 자체는 훨씬 더 컸다. 티타늄으로 된 겉은 은회색이었고, 작고 둥근 눈에서는 새빨간 빛이 새어 나왔다. 어떤 감정도 느낄 수 없는 디텍터는 체이서와는 또 다르게 무시무시했다. 그 무자비한 로봇은 한 손에 든 총으로 나를 겨누고 있었다.

"목표물 발견."

디텍터의 목소리가 들렸다. 나는 반사적으로 몸을 날렸다. 찰나의 순간, 디텍터가 쥔 총에서 레이저가 발사됐다. 내가 서 있던 자리 뒤편 벽이 까맣게 그을렸다. 디텍터가 다시 나를 조준했다. 이번에도 피할 생각으로 몸을 움직였지만 미끄러지고 말았다.

"아!"

나도 모르게 그런 소리를 냈다. 디텍터의 총이 나를 똑바로 겨누고 있었다. 피할 새가 없었다. 이대로 죽는 건가? 그 생각으로 머릿속이 가득 찬 그때, 식탁이 몸을 가려 주듯 휙 날아왔다. 레이저는 바로 거기에 명중했다. 식탁은 허공에서 산산조

각 났다. 놀라서 고개를 돌리니 자주가 앞으로 손을 뻗고 있었다. 고맙다고 인사할 새가 없었다. 무슨 수를 써야 했다. 벌떡 일어난 나는 일단 주방 밖으로 내달렸다. 디텍터의 주의를 끌 생각이었다.

"목표물 발견. 목표물 발견."

그 소리가 점점 가까워지는 거로 봐서 디텍터도 정문을 향해 오는 중이라는 걸 알 수 있었다. 다행히 내가 더 빨랐다. 나는 전자식 시계 충전기를 들고 전선만 잘라 냈다. 그런 뒤 콘센트에 꽂았다.

쾅!

문이 큰 소리와 함께 나가떨어지며 디텍터가 성큼 들어왔다. 옆에서 몸을 숨기고 있던 내가 디텍터의 옆구리, 내부가 겉으로 드러난 그 지점에 전기가 흐르는 전선을 힘껏 꽂아 넣었다. 엄청난 양의 불꽃이 마구 튀었다. 디텍터는 부르르 떨다가 뻣뻣한 자세 그대로 넘어졌다. 빨간 눈알이 쉴 새 없이 깜박였고 몸체 내부에서 연기가 피어올랐다.

"됐어!"

어느새 다가온 자주가 말했다.

"반야!"

나는 숨도 돌리지 못한 채 다시 주방으로 향했다. 반야는 가슴팍 아래가 완전히 파괴된 상태였다. 그래도 주요 부위는 괜찮은지 태연하게 말했다.

"윤찬, 빨리 여길 벗어나야 해. 디텍터가 더 올 거야. 나는 어쩔 수 없어."

"뭐가 어쩔 수 없어? 너도 데리고 갈 거야!"

반야를 들어 올렸다. 전선 몇 개로 간신히 연결돼 있던 아랫부분이 철컹하며 떨어졌다. 가슴팍까지만 남은 반야의 모습은 너무 가슴 아팠지만 감상에 젖을 시간 역시 없었다. 디텍터가 더 올 거라는 건 나도 충분히 알만한 사실이었다.

"지금 출발해야 해."

자주가 말했다.

"알아. 너도 어서 타."

나는 반야를 안고 밖으로 향했다. 그때였다. 언제 어느새 나왔는지 그 흰색 강아지가 자전거 옆에서 혀를 내밀고 엉덩이를 흔들고 있었다. 순간 망설였지만 이번에도 손해 보는 선택을 했다. 남은 손으로 강아지를 안아 올린 것이다. 그러고는 자주를 향해 내밀었다.

"내가 안고 갈게."

자주는 강아지를 받아 들며 바로 그렇게 말했다.

"반야. 네 자린 여기야."

나는 반야를 자전거 앞쪽 바구니에 넣었다.

"난 아무런 도움이 안 될 거야, 윤찬."

반야는 언제나 그렇듯 감정이 담기지 않은 목소리로 말했다.

"같이 있어 주는 것만으로도 도움이 되는 경우가 있어."

나는 그 말과 함께 자전거에 올랐다. 자주도 뒷자리에 탔다. 지금은 비가 그쳤다. 서늘한 공기가 맴돌았지만 언제 또 폭염으로 바뀔지 몰랐다. 그 전에 최대한 빨리 움직여 놈들의 추적에서 벗어나야 했다.

간다!

마음속으로 그렇게 중얼거린 뒤 페달을 밟았다. 자주가 내 허리를 꽉 잡는 게 느껴졌다. 한 명의 딜리버, 한 명의 스트레인저, 그리고 고장 난 로봇과 강아지의 이상한 여행은 그렇게 시작됐다.

잔인한 추격자와 다정한 도망자

쨍하게 맑은 날이면 하늘에 뜬 상층부가 보이기도 했다. 하층부 사람들은 그곳을 그저 상층부라고 부르지만 사실 정식 명칭은 따로 있다. 상층부에 사는 이들은 자기가 발을 디디는 그 공중 도시를 '바빌론'이라 불렀다.

바빌론에서도 더 위, 그러니까 최상층부의 이름은 '커버'였다. 그곳은 이 세상을 다스리는 지도자 세력이 차지하고 있었다. 자주가 말한 리더 역시 커버에서 지낼 확률이 높다. 커버의 왕, 세상의 지도자는 이름이 밝혀지지 않았다. 그는 그저 존재할 뿐이었고, 그 존재만으로도 하층부의 수많은 시민을 떨게 했다. 소문처럼, 혹은 괴담처럼 떠도는 지도자의 힘 중 하나는 그가 마음만 먹는다면 한 번에 수백 명 이상을 존재하지 않았던 것처럼 사라지게 만들 수 있다는 거였다. 생각만 해도 끔찍했다.

100년 전, 대재앙이 닥쳐왔다. 그것도 지구 전체에 동시다발적으로. 어떤 곳에는 폭우와 홍수가, 또 어떤 곳에는 폭염과 가뭄이, 또 다른 곳에서는 지진과 해일이 사람이 사는 지역을 덮쳤다. 영원히 꺼질 것 같지 않게 산불이 몇 달이나 계속되기도 했다. 마치 대자연이라는 파괴자가 호시탐탐 기회를 노리다가 일제히 폭발한 듯, 전 세계는 일시에 큰 타격을 입었다.

문명이 사라질 위기 속에서 일부 권력자와 부자는 공중 도시를 만드는 데 성공했다. 물론 거기에는 수많은 일반인의 피와 땀이 들어갔다. 공중 도시를 만든 사람들은 약속했다. 자연재해를 피해 공중에서 사는 게 익숙해지면 제2, 제3의 바빌론을 만들어 일반 시민 모두 하늘로 올라올 수 있게 해 주겠다고. 하지만 약속은 지켜지지 않았다.

지상에서 근근이 삶을 이어가던 이들의 수는 100년 사이 절반 이상 줄었다. 그럼에도 상층부에서는 아무런 도움을 주지 않았다. 오히려 군림할 뿐이었다. 인류의 마지막 희망이라는 명목으로 쏘아 올린 그 공중 도시는 이제 평범하고 힘없는 사람을 굽어보며 감시하는 통치자의 거처가 되었다.

어딘가에서 주워들은 이야기, 엄마가 해 줬던 이야기, 그리고 반야의 설명 등을 통해 나는 대격변이라 불렸던 그 100년 전의 일에 대해 알게 되었다. 이제 그때를 기억하는 이는 거의 남지 않았다. 사람의 입에서 입으로 전하지 않는다면 그야말로 아무도 바빌론의 진짜 정체를 모르는 시대가 올 것이다. 엄마는 그게 걱정이라며 버릇처럼 중얼거렸다. 그렇다고 기록할 수는 없다. 기록 역시 상층부에서 엄격하게 금하는 일이었으니까.

"이곳에서 서울까지는 아무리 빨리 달려도 나흘 정도는 걸릴 거야."

맨 앞자리 승객인 반야가 말했다. 내가 대답하기도 전에 반야는 덤덤하게 덧붙였다.

"그리고 내 배터리는 이틀 정도 남았어. 지금 상태로 충전하는 건 어려우니까 윤찬, 나와의 이별에 대비해야 해."

"몰라, 그런 거! 배터리 닳으니까 말하지 말고 있어."

나도 모르게 퉁명스러운 말이 나오고 말았다. 반야가 없었다면 탑티어 딜리버는 되지 못했다. 반야는 친구이자 가족이다. 늘 딱딱한 말투였지만 반야가 내게 건넨 말은 하나같이 모두 따뜻한 마음에서 나왔다. 마음, 반야는 그걸 품은 로봇이라고 나는 생각했다. 쇠로 된 몸체 안에는 인간보다 더 뜨거운 마음이 담겨 있다고 나는 믿었다.

"알았어. 조심해서 운전해, 윤찬."

반야는 그 말을 끝으로 조용해졌다.

나는 그 뒤로 한 시간을 더 달렸다. 하지만 페달을 밟는 게 점점 힘들어졌다. 결국 사력을 다해 30분을 더 간 뒤 멈출 수밖에 없었다. 두 다리가 덜덜 떨렸다. 허벅지가 터질 것 같았다.

"잠시 쉬었다가 가자."

내 말에 자주는 반대하지 않았다. 우리는 한때는 집이었을 무너진 건물을 찾아 그 안으로 들어갔다. 허허벌판에서 쉬는 것보다는 훨씬 안전할 거라고 생각했다. 나는 벽에 기댄 채 다리를 쭉 펴고 앉았다. 자주는 강아지를 계속 안고 있었다. 녀석은 순했다. 크게 짖지도 않고 마구 움직이지도 않았다. 유전자 조작을 했을 거란 말을 듣지 않았다면 그냥 귀여운 강아지처럼 봤으리라. 강아지는 그저 분홍색 혀를 내밀며 호기심 어린 눈빛으로 사방을 둘러볼 뿐이었다.

"애한테 이름을 지어 줘야겠어."

자주가 말했다.

"이름? 생각해 둔 이름 있어?"

이름을 짓는 건 나도 찬성이었다. 어쨌든 앞으로 함께 가려면 부를 이름이 필요했다. 엄마는 말했다. 이름을 지어 주어야 비로소 '존재'한다고. 이름은 그만큼 중요하다고.

"핑크."

자주는 강아지의 혀와 코끝을 가리키며 말했다. 그러고 보니 코도 분홍색이었다.

"귀여운 이름이네. 좋아!"

내 말에 자주는 슬쩍 미소 짓더니 강아지를 조용히 불렀다.

"핑크. 앞으로 넌 핑크야."

그러자 신기하게도 쭉 조용하던 강아지가 컹 하고 한 번 짖었다. 자기 이름이 마음에 든 듯했다. 그걸 보자 긴장이 조금은 풀리는 느낌이었다. 나는 자주를 향해 물었다.

"아까 식탁······. 그건 어떻게 한 거야?"

자주는 단어를 고르듯 잠깐 생각하더니 대답했다.

"난 예지력을 지닌 동시에 약간의 염력도 가지고 있어. 아주 강력하진 않지만 식탁을 움직이거나 쓰러진 널 옮기는 것 정도는 할 수 있어. 물론 그런 뒤에는 상당히 힘들지만."

"그렇구나. 역시 예언의 아이······."

나는 더 이상 말을 잇지 않았다. 그건 자주가 좋아하지 않는 표현 같았다. 내가 입을 벌린 채 멍하니 있는 걸 보고 자주는 풋 하고 웃었다.

"잘 멈췄어. 눈치가 빠른걸?"

자주의 웃는 모습은 무척 맑았다. 보고 있는 내게도 따뜻한 햇살이 드리우는 느낌이었다. 나는 다시 말을 이었다. 현실적인 문제가 꽤 많았다.

"식량을 확보해야 해. 급히 도망쳐 나오느라 챙겨온 게 없으니까."

소문에 의하면 상층부 주민은 간단한 캔 하나로도 충분히 영양 있는 식사를 할 수 있다고 한다. 하지만 우리는 그럴 수 없었다. 음식이 필요했다.

"좋은 생각 있어?"

자주가 물었다.

"마을에 들러 식량을 사야 할 것 같아. 여기서 조금만 가면 시장이 나오거든. 그런데……."

"그런데 뭐?"

내가 뒷말을 흐리자 자주는 다시 물었다.

"거긴 암시장도 있어. 그래서 꽤 위험해."

"그래도 가야지. 어쩔 수 없잖아. 단, 딱 한 시간만 더 쉬었다가 가자."

자주는 내 상태를 살피는 표정으로 말했다. 한 시간. 그건 꽤 큰 유혹이었다. 사실 쉬지 않고 달려오느라 온몸에 힘이 하나도 없었다. 한 시간, 아니 30분만이라도 눈을 좀 붙인다면 체력을 회복할 수 있을 것 같았다. 역시 자주는 눈치가 빨랐다. 아니면 이런 것도 예지력인가?

"알았어. 그럼 딱 30분만 눈 좀 감고 있을게. 무슨 일 있으면 바로 깨워 줘."

나는 그 말을 하고서는 바닥에 옆으로 누웠다. 거짓말처럼 잠이 쏟아졌다. '너무 깊이 잠들면 안 되는데……'라고 생각하며 나는 그야말로 깊은 잠 속으로 빠져들었다.

엄마가 내 어깨를 잡고, 눈을 마주친 채 말했다.

"어떤 일이 있어도 생각하는 걸 멈춰선 안 돼. 알았지?"

"어떤 일?"

꼬마인 내가 엄마를 올려다보며 천진하게 물었다.

"엄마랑 놀이했던 거 기억하지? 만약에 엄마가 없어지거나 더는 그 놀이를 할 수 없게 되더라도 그 기억은 꼭 간직해야 한단다. 알겠니?"

"엄마……."

내가 그렇게 중얼거린 순간, 갑자기 배경이 휙 바꼈다. 엄마가 쓰러져 있다. 아무리 부르고 두드려도 엄마는 일어날 줄 모른다. 결국 마을 사람에게 도움을 청해 엄마를 침대에 눕힌다. 깨어난 엄마는 전과는 다르다.

"괜찮아?"

내가 물어도 멍하니 볼 뿐이다. 그 텅 빈 눈동자 속에는 어떤 상도 맺혀 있지 않았다. 나는 그게 너무 슬퍼 울고 또 울었다. 울고……, 울고……, 또 울면, 엄마가 원래대로 돌아오기라도 할 것처럼.

"윤찬, 괜찮아?"

누군가가 나를 부드럽게 불렀다. 나는 슬며시 눈을 떴고, 어떤 상황인지 파악했다. 자주가 나를 내려다보고 있었다. 자주가 지켜보고 있는데 울었다니! 그걸 깨닫는 순간 얼굴이 화끈 달아올랐다. 나는 벌떡 일어났다.

"어어. 자다가 하품. 음, 그러니까 하품을 많이 해서……."

"괜찮아."

"뭐가?"

"누구든 슬퍼할 수 있잖아."

"아……."

나는 다른 대답은 못 하고 그런 소리만 냈다. 이상할 정도로 속이 후련했다. 게다가 정말로 30분 정도 잔 것 같은데 힘이 넘쳤다.

"푹 잔 거야?"

자주의 물음에 나는 힘차게 대답했다.

"응! 그래, 잘 잤어! 그러니까 식량 구하러 가자. 서두르는 게 좋겠어."

나는 먼저 일어나 자전거로 향했다. 여전히 암시장 패거리가 마음에 걸렸지만 어쩔 수 없었다. 미적거리고 고민만 하다가는 시간이 더 걸린다. 거기에 비례해 배는 더 고파질 테고. 빨리 식량만 사고 나오면 되리라. 나는 다시 자전거에 올랐고 자주는 핑크를 안고 뒤에 탔다.

"시장까지는 10분이면 돼, 윤찬."

바구니 속 반야가 말했다.

"나도 알아."

반야의 말을 뒤로 하고, 나는 힘껏 출발했다.

시장이라고는 해도 물건이 많지 않았다. 하층부는 늘 물자 부족에 허덕인다. 하지만 의외로 식량은 다양하고 풍부했다. 기후가 급변하기를 반복하던 때는 식량이 부족했다고 한다. 지금은 오히려 거기에 적응한 식물과 동물이 다양하게 자라고 활동한다. 누군가는 그게 지상에 사는 사람 수가 확 줄어서 그런 거라고 설명했다. 인간만 손대지 않는다면 자연은 어떤 식으로든 회복한다고.

시장은 작은 마을 세 개가 둘러싸고 있는 커다란 광장에 들어서 있었다. 여러 사람이 돌아다니며 붐비는 장소라 그곳에 도착한 후 나와 자주는 자전거에서 내렸다. 나는 자전거를 끌며 자주에게 당부했다.

"내 옆에 딱 붙어 있어. 알았지?"

'하이에나'라 불리는 암시장 패거리들은 대상을 가리지 않는다. 뭐든 훔쳐서 판다. 그게 물건이든, 사람이든. 조심해야 하는 건 나도 마찬가지였다. 자전거에다가 무려 로봇까지 태우고 있으니까 말이다.

우리는 식품 상점이 죽 늘어서 있는 시장 중심으로 향했다. 마을 세 곳이 한 시장을 이용하다 보니 사람이 많을 수밖에 없었다. 하층부를 돌아다니면 거의 마주칠 일 없는 사람들이 이곳에 다 몰려 있는 느낌이었다. 나는 자주를 신경 쓰며 계속 걸음을 옮겼다. 자전거를 밀며 인파를 지나는 건 쉽지 않은 일이었다.

"음식, 뭘 살 거야?"

자주가 물었다.

"채소나 달걀 같은 건 안 돼. 요리할 순 없으니까. 빵 아니면, 조금 비싸겠지만 통조림을 사야지."

밀가루와 빵 같은 걸 파는 가게 앞에 도착했다. 이상하게도 통조림 상점은 눈을 씻고 찾아봐도 없었다. 일단 나는 교환권 두 장을 주고 커다란 통밀빵 두 개를 샀다. 교환권은 상층부에서 발행한다. 매주 한 번씩, 상층부에서 내려오는 물자 비행선에서는 교환권을 가지고 여러 물건을 살 수 있었다. 지금 시대에 가치가 있는 건 금 아니면 교환권뿐이다. 다행히 난 교환권을 많이 모아 놓았다. 배달을 완료했는데 금이 없다며 교환권을 내미는 뻔뻔한 이들이 제법 많았기 때문이다.

"그건 팔러 가는 거야?"

가게 상인은 자전거 바구니 속 반야를 가리키며 물었다.

"아니거든요!"

나는 발끈했다.

"요즘 암시장 놈들이 고철이라면 사족을 못 쓰거든. 오죽하면

56

시장에서 통조림 찾아보기가 힘들 정도야."

그래서 그런 거였구나. 통조림이 없다면 곤란하다. 나는 상인을 향해 넌지시 물었다.

"그래도 숨겨 둔 거 몇 개는 있지 않아요?"

상인은 눈을 가늘게 뜬 채 살피듯 나를 바라봤다.

"어린 게 눈치는 빠르네. 근데 교환권 몇 장으론 어림도 없어. 통조림은 정말 귀하거든."

"교환권이라면 충분히 있어요. 그러니⋯⋯."

"금. 금을 가지고 와. 금 하나에 통조림 다섯 개. 어때?"

"네? 너무 비싸잖아요!"

내가 그렇게 말한 순간이었다. 뒤에서 뭔가가 세차게 달려온다 싶더니 곧 우리 주위를 에워쌌다. 여기저기서 울려 퍼지는 다른 사람의 비명을 들으며 나는 재빨리 돌아섰다. 다섯 명이 나와 자주를 노려본 채 서 있었다. 다들 헝클어진 머리카락에 지저분한 몰골로 반쯤 얼굴을 가리는 마스크를 쓴 채 선글라스를 끼고 있었다. 암시장에서 활동하는 하이에나들이었다. 하이에나가 이 시간에, 그것도 사람 붐비는 곳에 버젓이 나타나는 일은 드물었다. 이들은 보통 어두운 밤을 틈타 뭔가를 훔치기 때문이다. 해가 남아 있는 시간대라면 건물의 그늘, 사람들 사이의 틈처럼 잘 보이지 않는 곳에 숨어서 활동했다.

"여기로 와."

나는 자주의 어깨를 당겨서 내 옆에 딱 붙여 세운 다음 하이에나들을 노려봤다. 그중 한 명, 반점 무늬가 들어간 마스크를 낀 남자가 우리를 향해 말했다. 아무래도 그 남자가 이 하이에나 무리에서는 대장인 것 같았다.

"우린 빨간 머리 소녀를 데려오라는 명령을 받았다. 바로 그 아이."

자주의 머리카락은 몇십 미터 밖에서도 눈에 띌 만했다. 아마 시장에 온 즉시 하이에나들이 따라붙었으리라. 그렇다고 해서 의문이 다 풀리는 건 아니었다. 나는 대장에게 물었다.

"누가, 왜 자주를 찾는 거지?"

"저 아이가 아주 값비싼 걸 가지고 있다더군. 그것과 함께 소녀까지 데려오면 상상도 못 할 만큼의 보상을 해 주겠다고 오너가 말했어. 이미 소문이 쫙 퍼졌지. 운 좋게도 우리가 제일 먼저 발견한 거고. 흐흐."

"오너?"

오너라면 하층부의 모든 암시장을 다스리는 보스였다. 그가 원하는 게 제목 없는 책이라는 건 알 것 같았다. 상층부의 지령을 받았거나 아니면 혼자 욕심을 내 책을 원하거나, 둘 중 하나일 게 틀림없었다. 어쨌든 우리는 위험했다.

"자, 그 앨 넘겨. 우린 딜리버 따위한텐 관심 없으니까 넌 갈 길 가면 되고."

대장이 말하자 내내 가만히 있던 자주가 입을 열었다.

"난 내 맘대로 해. 누가 시키는 대로 하는 건 싫어."

"나도 마찬가지야!"

나 역시 자주의 말을 거들었다. 대장은 우리를 노려보더니 부하를 향해 고개를 끄덕해 보였다. 그러자 다들 주머니에서 칼을 꺼내 들었다. 날 선 단도였다. 그걸 든 채로 다섯 명은 일제히 조금씩 다가왔다.

"어떡하지?"

자주가 당당했던 모습과는 달리 조금 긴장한 목소리로 물었다. 예지력과 염력을 차례로 써 왔던 자주였다. 아마 지금은 힘이 남아 있지 않을 거라고 나는 생각했다. 그렇다면 이 순간은 온전히 내가 해결해야 했다. 주머니에서 부메랑을 꺼냈다. 한 손에 쏙 들어오는 작은 크기지만 단단하기로 유명한 흑단 나무를 깎아 만든 거라 위력은 굉장했다. 만약 도망치지 않고 어쩔 수 없이 백곰과 맞서 싸워야 한다면 나는 기꺼이 이 부메랑을 꺼내 들 것이다.

"그딴 장난감으로 뭐 하려고, 응?"

대장은 피식 웃었다. 그 웃음이 신음으로 바뀐 건 몇 초 후였다. 내가 던진 부메랑은 크게 호를 그리며 하이에나 다섯의 얼굴을 차례로 때린 후 다시 손안으로 날아 들어왔다. 특히 코를 세게 맞은 대장은 코피까지 흘리며 고통스러워했다. 나는 그 틈을 놓치지 않았다.

"타!"

자주를 향해 외친 뒤 나도 자전거에 올랐다. 곧장 사람들 속으로 달렸다. 계속 경적을 울리자 사람들이 놀라며 좌우로 갈라졌다. 하이에나들은 뛰어서 쫓아오고 있었다. 원래라면 금세 따돌리는 게 맞지만 붐비는 시장에서는 이야기가 달랐다. 나는 몇 미터 달리다가 멈추고 다시 달리고를 반복했다. 이대로라면 따라잡힐 것 같았다. 저만치 오른쪽에 내리막길이 보였다.

저기다! 나는 사람들 틈을 비집고 달려 핸들을 오른쪽으로 꺾었다.

끼익.

나는 급정거를 할 수밖에 없었다. 그냥 내리막길이 아니라 십여 미터 아래까지 전부 계단으로 되어 있었다.

"거기 서!"

하이에나들은 바로 뒤까지 따라왔다. 나는 다시 쭉 뻗은 계단을 본 뒤 어금니를 꽉 깨물었다. 핸들을 잡은 손에도 힘을 줬다. 그러고는 자주를 향해 외쳤다.

"꽉 잡아!"

"위험해!"

반야는 그렇게 외쳤지만, 나는 계단으로 자전거를 몰았다. 앞바퀴와 뒷바퀴가 계속 텅텅 튀어 올랐다. 균형 잡기가 너무 힘들었다. 핸들을 필사적으로 쥔 상태에서 절대 흔들리지 않게 힘으로 버텼다. 자칫 핸들이 틀어지면 나는 물론이고 반야와 자주, 그리고 핑크까지 모두 허공을 날아 땅에 곤두박질칠 것이다. 그러면 하이에나에게 잡히는 게 문제가 아니라 모두 크게 다칠 수도 있다. 자전거는 점점 빨리 내달렸다. 덜컹거리는 소리와 바람 소리가 동시에 들렸다. 온 힘을 다해 자전거를 조종했지만 몇 계단 남지 않은 지점에서 막 위로 올라오던 할머니 한 명과 마주치고 말았다. 피할 수 없었다.

"조심하세요!"

그렇게 외치며 핸들을 홱 꺾었다. 계단의 경사로에 앞바퀴가 부딪치며 자전거는 붕 날아올랐다.

"안 돼!"

반야 목소리가 허공에 울려 퍼졌다.

"으아!"

나도 비명 비슷한 걸 내지르고 말았다. 자전거는 꽤 먼 거리를 날았다. 자주가 내 허리를 꽉 감싸안는 게 느껴졌다. 땅이 무서운 기세로 가까워지고 있었다. 이제는 운에 맡길 수밖에 없었다. 그래도 난 최선을 다해 자전거 핸들을 붙들었다. 동시에 몸의 중심을 최대한 낮췄다. 자전거가 무시무시한 기세로 곤두박질쳤다. 휘청했다. 난 오른쪽 다리를 페달에서 떼 바닥을 디뎠다. 무릎이 아팠지만 그딴 데 신경 쓸 게 아니었다. 자전거는 뒤

집히지도 않았고, 쓰러지지도 않았다. 절묘하게 균형을 유지한 채 착지했다.

"됐다!"

자주는 보기 드물게 흥분한 목소리로 외쳤다. 나는 뒤를 힐끔 돌아봤다. 하이에나 패거리는 한참 위쪽 계단에 서서 놀란 표정으로 우리를 보고만 있었다. 지체하지 않고 이젠 계단이 없는 내리막길을 내달렸다. 너무 긴장한 탓인지 등허리가 축축했다. 이걸로 하나는 확실해졌다. 나는 자전거 천재라는 사실. 농담이다. 암시장 놈들도 자주를, 그리고 책을 노리고 있다. 우리는 사방에서 쫓기고 있다.

인적 드문 길가 나무숲으로 가서야 자전거를 세우고 한숨 돌렸다. 자주와 나는 빵을 나눠 먹었다. 귀한 식량이었다. 통조림을 못 구한 지금, 통밀빵 두 개로 서울까지 가는 내내 버텨야 했다. 물은 내가 늘 들고 다니는 휴대용 정수기를 이용하면 된다. 거기에 빗물을 담거나 냇물을 담으면 금세 마실 수 있는 물이 되니까.

"하나 물어봐도 돼?"

나는 빵을 씹으며 자주에게 질문을 던졌다. 이런 중요한 일을 아무리 탑티어라고는 해도 나 같은 딜리버 한 명에게 맡긴 게 아무래도 이상했다. 반란군이 조직적으로 움직였다면 서울까지 더 빨리, 더 안전하게 책을 가져갈 수 있지 않았을까?

자주는 내 마음을 읽었다는 듯 고개를 끄덕였다.

"왜 하필이면 너였는지 그게 궁금한 거지?"

"그래, 지금도 봐. 난 자전거 한 대로 겨우 움직이고 있잖아."

"사실 반란군은 분열 직전이야. 아니, 이미 어느 정도는 분열했다고 봐야지."

"분열이라면?"

"제목 없는 책을 믿는 쪽과 그렇지 않은 쪽. 두 진영으로 나뉘었어. 고작 책 한 권이 세상을 바꾼다는 걸 믿지 못하는 사람이 훨씬 많아. 그 이야긴 그저 전설 같은 거고, 심지어 상층부에서 일부러 만들어 낸 소문이라는 사람도 있지. 책의 힘을 믿는 나를 포함한 소수의 반란군은 다른 방법이 없었어. 딜리버에게 맡기는 수밖에. 게다가……."

"네가 날 선택한 거지? 내가 움직인다는 걸 미리 보고."

"맞아. 내가 본 미래에서는 딜리버 윤찬이 움직여 줬어."

"결과는? 나는, 아니 우리는 성공해?"

내 질문에 자주는 애매해 보이는 표정을 지었다. 생각에 잠긴 것 같기도 하고, 망설이는 것 같기도 했다. 이윽고 자주가 대답했다.

"몰라. 솔직히 말하자면 그 미래는 본 적이 없어. 몇 번이고 시도해 봤지만……. 말했던 것처럼 미래는 내가 선택해서 볼 수 없는 거니까. 다만, 어떤 장면을 보긴 했어. 그건……."

"됐어. 그 정도면 반반이네. 모든 게 반반."

"반반?"

내 말에 자주가 되물었다.

"확률이 50퍼센트라고. 책이 진짜 세상을 구할 수 있을지 없을지도 반반, 내가 성공할지 아닐지도 반반. 뭐, 50퍼센트의 확률이라면 도전해 봐도 되지. 금 100개까지 걸려 있으니까."

나는 그 말과 함께 히죽 웃었다. 자주는 그런 나를 보며 빵을 오물오물 씹었다.

잠깐의 휴식 이후 우리는 다시 움직였다. 무척 덥긴 했지만 날씨 자체는 화창했다. 비가 쏟아지는 것보다는 나았다. 나는 저 멀리, 그리고 저 높이 떠 있는 상층부를 잠깐 올려다봤다. 워낙 높은 곳에 떠 있어서 눈으로 그걸 보기란 쉽지 않았다. 그럼에도 구름 위에 드리운 한없이 거대한 인공물의 그림자는 엿볼 수 있었다.

거의 쉬지 않고 달려 서울까지의 거리를 상당히 좁혔다. 저녁이 되어서야 나는 달리던 걸 멈췄다. 이젠 쉬고 자야 할 곳을 찾아야 했다. 기온이 높아 추위에 떨 걱정은 없다 해도 문제는 안전이었다. 길바닥에 그냥 누워 잘 수는 없었으니까. 반야는 스캔을 통해 300미터 떨어진 곳에 빈 건물이 있다는 걸 알려 줬다. 점점 닳는 배터리 때문인지 반야의 반응이나 기능이 조금씩 느려지고 떨어지는 기분이었다. 물론 그 말을 반야에게 하지는 않았다.

반야가 말해 준 지점에는 꽤 큰 건물이 있었다. 첨탑 위에 십자가가 기우뚱하게 달린 거로 봐서 한때는 교회로 썼던 것 같았다. 문을 잠글 수는 없었지만 실내에서 잔다는 것만으로도 마음이 놓였다. 나는 자전거까지 건물 안으로 옮겼다. 그러고는 문안에 가로지르듯 세워 놓았다. 내부에는 기다란 의자가 줄줄이 놓여 있어 누워서 잠들기에 딱 좋았다.

"넌 안쪽에서 자. 난 혹시 모르니까 문 가까이에 자리 잡을게. 그럼 쉬어."

자주는 핑크를 안고 순순히 맨 앞 의자로 향했다.

"나는 절전 모드로 바꿀게."

바구니 속에서 반야가 말했다.

"그래, 배터리 아껴. 최대한."

그렇게 대답하고 나도 긴 의자에 누웠다. 나무로 된 의자는 딱딱했지만 충분히 넓었기에 그리 불편하지 않았다. 천장을 똑바로 올려다본 채 누웠다. 피로가 밀려왔다. 머릿속을 어지럽게 돌아다니는 여러 생각도 쏟아지는 잠 앞에서는 힘을 발휘하지 못했다.

"내일 걱정은 내일 하는 거야. 언제나처럼."

그렇게 중얼거리며 나는 눈을 감았다. 고요하고 어두웠다. 잠시 후 의식하지도 못한 채 나는 금세 잠에 빠져들었다.

화들짝 놀라 깨어난 건 자주의 비명 때문이었다.

"꺄아!"

그 소리에 눈을 번쩍 뜨고는 바로 일어나 앉았다. 자주 역시 앉은 채로 어둠에 휩싸인 정면 어딘가에 시선을 던지고 있었다. 자주는 숨을 거칠게 몰아쉬었다.

"왜 그래?"

나는 바로 달려갔다. 침입자라도 있는 건가 싶어 주위를 둘러봤지만 다행히 그건 아니었다.

"오고 있어!"

자주가 한껏 커진 눈으로 나를 보며 말했다.

"뭐가?"

"추격자가!"

그때였다. 요란한 소리를 내며 벽에 달린 창문이 깨졌다. 그것도 동시에 세 개나. 달빛이 쏟아져 들어왔고 그 덕분에 건물 안으로 뛰어든 무리를 똑똑히 알아볼 수 있었다. 시장에서 마주쳤던 그 하이에나들이었다. 이번에도 다섯 명이었다. 대장이 우뚝 서서는 우리를 보며 씩 웃었다. 일그러진 미소였다.

"쉽게 찾을 줄 알았어. 이 주위에서 숨을 장소는 뻔하니까. 크크."

나는 자주를 내 뒤로 세운 다음 정문 쪽을 힐끔 봤다. 자전거까지의 거리는 생각보다 멀게 느껴졌다. 대장도 내 시선을 따라 고개를 돌렸다. 그러고는 다시 피식 웃었다.

"자전거는 너만 있는 게 아니야. 우리도 다들 하나씩 가지고 있다고. 그래서 이렇게 빨리 다시 만날 수 있었지. 크크."

대장은 기분 나쁘게 웃어 댔다. 어쨌거나 대장의 말대로라면 운 좋게 여기서 벗어난다 해도 결국 자전거끼리의 추격전이 된다는 뜻이었다. 내가 유리할 게 아무것도 없었다. 나는 주머니에서 부메랑을 꺼냈다. 그러고는 대장을 향해 말했다.

"물러서."

"물러서라고? 그깟 장난감에는 두 번 안 당해. 야! 한꺼번에 달려들어!"

대장의 명령이 떨어지자마자 나머지 넷이 일제히 달려왔다. 부메랑을 날릴 틈도 없었다. 그 순간이었다. 자주가 내 뒤에서 두 손을 앞으로 뻗었다. 길쭉한 의자가 확 돌아가며 부하 셋의 다리를 때렸다.

"악!"

부하들은 비명을 지르며 쓰러졌다. 다시 움직인 의자는 대장 바로 옆에 있던 나머지 부하를 그야말로 날려 보냈다.

"뭐야?"

대장이 당황한 목소리로 외쳤다. 자주는 급격하게 힘을 써서 지친 듯 내 어깨를 잡았다. 나는 대장을 향해 부메랑을 날렸다. 하지만 역시 이번에는 대장도 아슬아슬하게나마 피했다. 그사이 부하들이 다시 일어났다. 다들 절뚝거렸으나 우리를 잡는 데는 문제가 없어 보였다. 자주가 숨을 헐떡였다. 당분간 염력을 이용해 공격하는 건 무리 같았다. 이젠 정말로 궁지에 몰렸다. 나는 최대한 머리를 쥐어 짜내 보려고 아랫입술을 깨물었다. 굉음이 들린 건 바로 그때였다.

부아앙.

바깥의 적막을 산산이 깨부수며 울려 퍼진 그 소리는 점점 가까워지다가 건물 앞에서 딱 멈췄다. 엔진음이었고, 나는 그게 어디서 나는 소리인지 알았다. 오토바이였다.

"이건 뭔 소리야?"

대장은 상황 파악이 안 된 듯했다. 그건 부하들도 마찬가지처럼 보였다.

"왔어."

뒤에서 자주가 낮게 중얼거렸다. 아무래도 자주가 본 건 하이에나들이 아니라 체이서인 모양이었다.

"내가 신호 보내면 바로 숨어."

나도 자주를 향해 조용히 말했다. 부하 둘이 무슨 일인지 보겠다며 정문을 향해 걸어갔다. 동시에 정문이 쾅 소리를 내며 터지듯 열렸다. 내 자전거도 저만치로 날아갔다. 곧 체이서가 그 끔찍한 모습을 드러냈다. 이때만큼은 선명한 달빛이 원망스러웠다. 체이서, 그 괴물이 너무나 똑똑히 보였으니까. 키는 거의 2미터에 가까웠고, 비쩍 말랐다. 비정상적으로 긴 팔과 다리가 기괴함을 뿜어냈고 그걸 뒤덮고 있는 가죽 재킷은 멀리서도 축축해 보였다. 마지막은 얼굴이었다.

그 얼굴은…… 고양이와 인간을 아무렇게나 뜯어 반씩 섞어 놓은 듯 흉측하면서도 섬뜩해 보였다. 오른쪽 눈은 인간의 것이었지만, 왼쪽은 고양이 눈이었다. 역시 그저 그 모습을 보는 것만으로도 다리에 힘이 빠질 정도였다.

"체, 체이서?"

문 앞에서 체이서와 마주한 부하 중 한 명이 덜덜 떨면서 말했다.

"숨자!"

나는 그렇게 말한 뒤 의자 밑으로 납작 엎드렸다. 자주도 똑같이 했다. 그 상태로 상황을 지켜봤다.

체이서는 긴 팔을 쭉 뻗어 부하의 목을 감아쥐었다. 그러고는 너무나도 쉽게 벽 쪽으로 던져버렸다. 그대로 날아간 부하는 퍽 소리와 함께 바닥으로 떨어졌다. 벽에 여러 개의 붉은색 점이 찍혔다.

"뭣들 해? 처치해!"

대장이 칼을 꺼내 들며 외쳤다. 나머지 부하 셋이 일제히 달

려들었다. 나는 내 옆에 엎드린 자주를 툭 건드렸다. 그러고는
속삭였다.

"움직이자."

우리는 의자 밑을 기어서 이동하기 시작했다. 목적지는 자전
거가 쓰러진 곳이었다. 도망칠 여지라도 만들려면 자전거가 무
조건 있어야 했다. 우릴 도와줄 건 질풍밖에 없었다.

하이에나들은 애초에 체이서의 상대가 안 됐다. 체이서가 꺼
내 든 무기는 굵은 쇠사슬이었다. 끝에는 둥근 추가 매달려 있
었는데 거기 맞은 부하들은 바로 뼈가 부러졌다. 체이서는 쇠사
슬을 자유자재로 휘두르며 하이에나 무리를 하나씩 제거해 나
갔다. 뼈가 부러지고, 피가 쏟아지고, 비명이 난무했다. 엉금엉
금 기는 동안에는 소리만 들었는데도 소름이 끼칠 정도였다.

"자, 잠깐. 우리 목적이 같은 모양인데 이렇게 싸울 거 없잖
아. 안 그래?"

대장이 잠긴 목소리로 체이서에게 애원하듯 말했다. 처음 이
곳으로 쳐들어왔을 때의 기세는 완전히 사라졌다. 그럴 만했다.
눈앞에 버티고 선 존재는 인간이 아닌 괴물이었으니까. 그 괴물
은 괴성으로 답했다.

크아아!

목덜미의 잔털이 모두 곤두설 정도로 끔찍한 포효였다. 건물
안을 떠돌던 한기가 몇 배는 진해졌고, 그건 곧 내 몸을 파고들

어 뼛속까지 얼릴 것 같았다.

"계속 움직이자."

나는 자주를 향해 말했다. 이대로 가만히 있다가는 정말로 얼어붙을 것 같았다. 자주는 고개를 끄덕였다. 우리는 열심히 바닥을 기어서 의자 밑을 통과했다. 핑크도 조용히 우리를 따르고 있었다. 드디어 두 개만 더 지나면 자전거가 쓰러진 곳이었다. 반야도 자전거 바로 옆에 떨어져 있었다.

우리가 그러는 동안 대장과 체이서의 격렬한 싸움이 벌어졌다. 대장이라는 직함은 그저 다는 게 아닌 듯 전투력이 꽤 뛰어났다. 보이지 않을 정도로 품에서 단도를 여러 개 꺼내 빠르게 날렸고, 체이서가 그걸 피하거나 쳐내는 동안 단숨에 거리를 좁혀 칼로 찌르고 빠지기를 반복했다. 그때마다 체이서는 사람 미치게 하는 포효를 계속 내질렀다.

"괴상하게 생겨서 그렇지, 체이서도 별거 아니군. 하하."

대장이 그런 말을 한 순간이었다. 쇠사슬을 빙글빙글 돌리던 체이서가 그걸 대장을 향해 날리는가 싶더니 곧장 거리를 좁혔다. 찰나의 순간에 벌어진 일이었다. 체이서는 쇠사슬을 버리고 대장의 목을 움켜쥔 뒤 번쩍 들었다. 그때 체이서의 왼손이 스르르 변하더니 거대한 칼이 되었다. 아무래도 그걸로 대장의 배를 꿰뚫으려는 것 같았다. 나는 더는 볼 수 없어 벌떡 일어났다. 사람이 죽는 건 무슨 일이 있어도 말리고 싶었다.

"자주, 나가서 체이서 오토바이에 손 좀 써 줘. 곧 따라갈게."

내 말에 자주는 눈치 빠르게 얼른 움직였다. 나는 자주가 건물 밖으로 나가는 걸 확인한 뒤 가방에서 납작 화약을 꺼냈다. 이걸로 잠시 시간을 벌 수는 있을 것이다. 나는 체이서 등 뒤로 화약을 냅다 던졌다.

화약은 바닥에 떨어지자마자 요란한 소리와 함께 연기를 내뿜었다. 체이서도 거기엔 제대로 반응했다. 움찔하더니 뒤를 돌아보았다. 대장은 그 틈을 타 체이서의 배를 발로 차면서 빠져나왔다. 이제 체이서의 목표물은 바뀌었다. 그 괴물은 나를 향해 성큼성큼 다가왔다. 나는 가방에서 또 다른 무기를 꺼내 들었다. 양쪽 끝이 전자 자석으로 된 올가미였다. 나는 그걸 체이서를 향해 던졌다. 방향과 세기가 적당했다. 바닥에 떨어졌다가 통 하고 튀어 오른 올가미는 체이서의 두 다리를 묶으며 꽉 맞물렸다. 그 괴물은 순간 움찔했고, 곧 균형을 잃은 채 앞으로 넘어지고 말았다.

"아저씨도 지금 도망쳐요!"

나는 대장을 향해 외친 뒤 바로 돌아서서 밖으로 달려 나왔다. 물론 자전거와 반야를 챙기면서. 밖에서 자주와 핑크가 기다리고 있었다. 내가 자전거에 오르자 자주도 핑크를 안고서 익숙한 동작으로 내 뒤에 탔다.

"오토바이는 손을 좀 썼어."

자주가 말했다. 나는 뒤를 돌아봤다. 손을 좀 쓴 게 아니었다. 아예 뒷바퀴가 빠져서 나뒹굴고 있었다. 저런 상태라면 꽤 시간을 벌면서 도망갈 수 있겠다 싶었다. 아드레날린이 샘솟았다. 피곤도 잊었다. 하지만 얼마 안 가 허벅지가 아프고 잠도 쏟아질 것이다. 그때는 다른 숨을 곳을 찾아야겠지만, 일단 지금은 미친 듯이 페달을 밟았다. 서울로 향한 첫날 밤이 정신없이 지나고 있었다.

포기할 것인가, 저항할 것인가

엄마를 한 번 더 보지 못하고 이 일에 뛰어든 게 마음에 걸렸다. 그럴 시간이 없었다지만 그래도 후회되는 건 사실이다. 물론 요양원 직원은 전부 친절하니 엄마를 잘 돌봐 줄 것이다. 매달 내가 꼬박꼬박 금을 내는 것도 그 친절에 한몫하겠지. 어쨌거나 이 일만 끝나면 엄마와 함께 상층부에 갈 수 있다. 그게 지금의 내 유일한 목표이자 희망이다.

희뿌옇게 동이 터 왔다. 나는 일어나 앉아 동쪽 하늘이 붉게 변하는 걸 지켜봤다. 우리는 충분히 안심될 때까지 도망치다가 야트막한 산에 자리 잡은 2층 양옥집으로 향했다. 그곳 옥상에서 자면 멀리서 들려오는 소리나 다가오는 상대방을 쉽게 알 수 있을 것 같았다. 또 하나, 옥상 뒤편이 바로 산과 맞닿아 있어서 여차하면 바로 도망치는 것도 가능했다.

밤 동안에 다른 사건이 벌어지지는 않았다. 그래도 나는 단잠을 자지 못했다. 신경이 곤두선 탓도 있었지만 꿈이 자꾸 잠을 방해했다. 자고 일어난 지금은 하나도 기억나지 않는 꿈.

"일어났어?"

어느새 자주가 옆으로 다가와 있었다. 품 안의 핑크는 아직 곤히 잠든 상태였다. 그러고 보니 여태 핑크가 짖는 모습을 보지 못했다. 너무 강아지라서 그런 걸까?

"잘 잤어?"

내가 묻자 자주는 희미하게 웃었다. 푸석한 얼굴만 봐도 자주 역시 잠을 설쳤다는 걸 알 수 있었다.

"동트는 모습은 언제 봐도 멋져."

자주가 이제 막 떠오르기 시작한 태양을 보며 말했다.

"옛날에는 밤낮으로 계속 비가 내려서 태양을 볼 수 없었던 적도 있었대. 엄마한테 들었어. 엄마는 엄마의 엄마한테 들었고."

나는 엄마와의 대화를 떠올리며 말했다. 지금은 기후가 많이 안정된 편이라고, 그래서 그나마 인간이 살 수 있게 되었다고.

"난 가족이 없어. 어릴 때부터 예언의 아이라고 불리면서 반란군 손에 컸거든."

"아……."

나는 할 말을 찾지 못했다. 가족이 없다는 게 어떤 느낌일지나로서는 알 수가 없었고, 그래서 말을 아끼게 되었다. 섣부른 위로도, 지나친 걱정의 말도 때로는 폐가 되니까.

"그래도 뭐, 딱히 외롭진 않았어. 반란군 모두가 가족이나 마찬가지였으니까. 그래도 친구가 없는 건 조금 아쉬웠어."

"반란군에는 10대가 없었어?"

나는 조심스레 물었다.

"있었지만……, 다들 날 어려워했어. 주로 어른과 다니고, 기본적으로 스트레인저니까."

나와 다른 존재라도 얼마든지 마음을 터놓는 친구가 될 수 있다. 나와 반야가 그런 것처럼. 그리고 고철 덩어리 질풍도 내 친구다.

"원한다면…… 내가 네 친구가 되어 줄게. 물론, 원하지 않아도 난 괜찮아. 하하."

나는 어색하게 웃었지만 자주의 표정은 진지했다. 나를 똑바로 보며 물었다.

"정말? 내 친구가 돼 주겠다고?"

"응! 그건 어려운 일이 아니야. 친구란 건 함께 바보 같은 짓을 해도 그저 웃으며 괜찮다고 말해 주는 딱 그런 사이거든."

내 대답이 마음에 들었는지 자주가 환하게 웃었다. 처음 보는 진짜 미소였다. 자줏빛 머리카락보다 훨씬 더 진하고 밝은 미소. 나는 그 표정을 보자 왠지 울컥했다.

"좋아, 윤찬. 우리 친구 하자."

자주는 손을 내밀었고, 나는 자주의 손을 마주 잡고 힘차게 흔들었다.

통밀빵은 점점 줄어들고 있었다. 아무리 아껴 먹어도 이제 하루면 끝이리라. 다시 식량을 구해야 했다. 그렇다고 또 시장을 찾을 수는 없었다. 이제 우리 둘 얼굴에는 현상금이 잔뜩 붙어 내걸렸을 테니까.

빵을 아껴 먹은 뒤 다시 자전거에 올랐다. 어젯밤 세게 나가 떨어지는 바람에 브레이크가 고장 났다. 원래는 살짝만 잡아도 잘 멈췄는데 이제는 온 힘을 다해 꽉 쥐어야 했다. 고칠 시간도, 고칠 장비도 없었다. 이대로 무사히 서울까지 가기를 바랄 수밖에.

한동안 묵묵히 달리기만 했다. 바람이 귓가를 스쳤다. 얼마나 달렸을까, 우거진 나뭇잎 사이로 잔뜩 녹슨 초록색 이정표가 보였다. '서울'이라고 써 있는 걸 보자 괜히 반갑고 힘이 났다. 게다가 앞은 쭉 뻗은 도로였다. 방해물은 찾아볼 수 없었다. 도로의 패인 부분만 조심한다면 꽤 빠르게 달릴 수 있을 것 같았다. 나는 혹시나 해서 자주에게 물었다.

"새로 본 건 없지?"

"응. 아직은."

"뭐든 보게 되면 말해 줘."

그렇게 말한 후 다시 자전거를 몰았다. 반나절 이상은 아주 평화로웠다. 더군다나 꽤 긴 구간 동안 완만한 경사의 내리막길이어서 자전거는 더 빨리 달려 나갔다. 열심히 달렸더니 배가 고팠다. 늦은 오후에 우리는 강가 근처에서 잠시 쉬기로 했다. 강물을 정수해서 마시니 조금 힘이 났다. 그리고 자주와 나는 남은 통밀빵을 모조리 먹어 치웠다. 배가 부른 건 좋았지만 앞으로의 식량이 걱정이었다.

"이젠 어쩌지? 아직 이틀은 더 가야 하는데……."

나는 무심히 흘러가는 강물을 보며 말했다. 물고기라도 잡을 수 있으면 좋겠지만, 아무런 도구도 없었다. 그때였다. 지금껏 가만히 자주 품에만 안겨 있던 핑크가 갑자기 폴짝 뛰어내렸다. 그리고는 어딘가를 향해 짧은 네 다리를 바쁘게 움직이며 달려갔다.

"핑크!"

자주가 벌떡 일어나 핑크 뒤를 따랐다. 핑크는 자그마한 체구에도 생각 외로 꽤 빨랐다. 어느새 저만치 달려가서는 한 지점에서 킁킁거리며 계속 맴돌았다. 그제야 나도 관심이 생겨 핑크 쪽으로 향했다. 나보다 먼저 도착한 자주는 땅을 살피는 듯하더니 "헉!" 하고 숨을 몰아쉬었다.

"무슨 일이야?"

나는 놀라서 얼른 달려갔다.

"여기……."

자주가 한발 물러서며 바닥을 가리켰다. 나는 자주 옆으로 다가가 섰다. 죽은 지 얼마 안 돼 보이는 시신이 엎드린 자세 그대로 수풀에 파묻혀 있었다. 가방을 멘 시신은 딱히 부러지거나 다친 곳은 없어 보였다. 겉이 멀쩡해서 그런지 혐오감이 들지는 않았다. 다만 궁금증과 안쓰러움이 동시에 일었다. 그러다가 신발로 시선을 옮겼을 때 나는 깜짝 놀라고 말았다.

"이 사람 딜리버야."

날개 달린 신발……. 헤르메스가 그토록 자랑하던 바로 그걸 보고 확신했다. 즉, 이 사람은 헤르메스였다. 이상연구소 본사로 간다던 딜리버가 무슨 이유로 여기서 죽은 건지 알 수 없었다. 외상은 없어 보이는데 자세한 건 시체를 뒤집어 봐야 알 것 같았다. 결국 자주를 향해 말했다.

"잠깐 딴 데 보고 있어."

"아니야. 나도 같이 보자."

자주는 내가 뭘 하려는지 알고 있었다. 잠시 망설이던 나는 헤르메스의 시체에 손을 댔다. 따뜻했다. 시체가 채 식기도 전이라는 건 불과 얼마 전에 죽었다는 뜻이었다. 시체를 똑바로 뒤집었다. 그러자 모습을 감추고 있던 상처가 드러났다. 칼에 찔린 듯한 큰 상처가 심장에 남아 있었고, 그곳에선 이미 피가 잔

뚝 흘러나온 상태였다.

"정면에서 공격했어."

내가 말했다.

"갱단 짓일까?"

"그건 아닐 거야. 딜리버는 조심성이 많거든. 짧은 거리에서 갱단과 절대 정면으로 마주 보진 않았을 거고, 애초에 이렇게 공격당하지도 않았을 거야."

"가방엔 뭐가 들었지?"

자주가 물었다.

"그러고 보니 헤르메스 아저씨는 이상연구소 본사로 책을 배달한다고 했어."

"책?"

자주의 얼굴에 놀란 표정이 떠올랐다. 나는 헤르메스의 가방을 열었다. 책은 보이지 않았지만 각종 통조림이 가득했다. 과일부터 채소까지 다섯 개나 됐다. 죽은 헤르메스에게 잠시 고개를 숙여 보인 후 그걸 챙겨 내 가방에 넣었다.

그러는 동안에도 자주는 어두운 표정을 한 채 가만히 있었다. 죽은 이의 음식에 손대는 게 꺼림칙한 게 아닐까 하고 짐작한 나는 자주에게 말했다.

"너무 죄책감 품지 말자. 헤르메스 아저씨도 우릴 기꺼이 도우려 했을 거야."

"그게 아니고, 심장을 단번에 찔러서 죽이는 거…… 아무나 할 수 있어?"

자주는 뜻밖의 질문을 했다.

"쉽지는 않지. 헤르메스 아저씨가 보통 사람도 아니고. 아까 말했지만, 일단 그렇게 가까이 접근했다는 것 자체가 이상한 일이야."

나는 떠오르는 대로 대답했다.

"그렇구나."

"아무튼, 우린 우리 길을 가야 해."

더는 지체할 수 없었다. 헤르메스의 죽음은 가슴 아프고 슬픈 일이었다. 아마 나 혼자였다면 한동안 슬픔에 젖어 움직이지 못했으리라. 하지만 지금은 자주가 있다. 그리고 제목 없는 책을 전달해야 한다는 큰 책임도 있다. 물론 금 100개라는 보상도.

"갑자기 부자가 된 기분이겠어."

내가 식량이 든 가방을 들고 자전거로 다가가자 반야가 어김없이 끼어들었다. 그러고는 덧붙였다.

"출발은 잠시 기다려. 후방에서 생명체 둘이 다가오고 있어."

"알았어!"

우리는 반야의 경고에 따라 강둑에 바짝 붙어서 최대한 몸을 웅크렸다. 잠시 후 시끄럽게 이야기하는 소리가 들리며 누군가가 다가왔다. 두 명인 것 같았다. 한 명은 남자, 한 명은 여자였다. 우리 존재를 눈치 못 챈 듯 크게 떠들었다.

"그러니까 아까 책이랑 같이 챙겼어야지!"

여자가 말했다.

"그땐 정신없었잖아! 너도 생각 못 했으면서."

남자가 억울하다는 듯 목소리를 높였다.

"에이! 책도 쓸모없고. 우리가 찾던 제목 없는 책이 아니잖아! 자주 걔가 없으니까 아닐 것 같다고 했는데 네가 덜컥 죽여 버렸어."

여자가 나무라듯 말하자 남자는 바로 말을 돌렸다.

"빨리 통조림이나 챙겨서 여길 뜨자."

그들은 점점 다가왔다. 이대로 있으면 들키고 만다. 대화 내용으로 봐서 제목 없는 책을 노리고 있는 데다가 자주까지 안다. 정체가 뭘까?

"위험해."

자주가 나만 들을 수 있을 정도로 낮게 속삭였다. 표정이 너무나 어두웠다.

나는 선수를 치기로 했다. 아래쪽에 숨은 채로 부메랑을 날리기는 쉽지 않았다. 그렇다면 다른 아이템이 필요했다. 내가 가방에서 꺼낸 건 섬광탄이었다. 그것도 꽤 비싸게 주고 산 특수 아이템이었다. 가장 위험한 순간에 쓰려고 아껴둔 건데……

"눈 감고 있어."

자주를 향해 그렇게 말한 뒤 나는 벌떡 일어났다. 그 순간 남자와 여자, 두 사람과 눈이 마주쳤다. 둘은 놀란 표정을 지었다. 나는 정확히 두 사람 사이로 섬광탄을 던졌다.

펑!

큰 굉음과 함께 눈부신 빛이 폭발하듯 두 사람을 감쌌다.

"악! 내 눈."

"안 보여!"

둘 다 한동안은 시력을 되찾지 못할 것이다.

"서두르자!"

나와 자주는 오랫동안 호흡을 맞춘 파트너처럼 각각 운전석과 뒷좌석에 앉았다. 나는 그대로 페달을 밟았다. 두 사람이 앞이 보이고 무슨 일인지 파악할 즈음에는 우리는 꽤 거리를 벌렸을 것이다.

"하아."

저절로 안도의 한숨이 나왔다. 둘의 정체는 알 수 없지만 헤르메스를 죽인 흉악한 놈들인 건 틀림없었다. 그런 생각을 할 때 뒷좌석의 자주가 뜻밖의 말을 했다.

"두 사람, 반란군이었어."

"뭐? 반란군이 왜 딜리버를……."

"책 때문일 거야. 내가 말했잖아. 반란군도 둘로 나뉘었다고."

머릿속에서 퍼즐이 맞춰졌다. 두 반란군은 딜리버 중 누군가가 제목 없는 책을 배달한다는 소문을 들었다. 그리고 그게 헤르메스라고 잘못 알았다. 헤르메스는 반란군이라고 하니 가까이 접근할 때도 딱히 경계하지 않았으리라. 하지만…… 놈들은 헤르메스를 공격해 죽였고 책을 훔쳤다. 그 책은 물론 제목 없는 책이 아니었다. 이 사건으로 확실히 알게 되었다. 반란군도 언제든 적의 편에 서서 책을 뺏으려 할 수 있다는 사실을.

사방에서 우리를 노리고 있었다. 자연스레 더 긴장할 수밖에 없었다. 반야의 레이더 기능은 큰 도움이 되지만 남은 배터리를 생각했을 때 꺼두는 게 맞을 것 같았다. 자전거는 쭉 뻗은 도로를 시원하게 달렸다. 왼쪽 옆으로 강물이 계속 이어져 있었다.

얼마나 달렸을까, 어느새 또 하늘이 검어지기 시작했다. 하루에도 여러 번 날씨가 변하고 기온이 달라지고 폭우가 쏟아졌다가 그치기를 반복한다. 나는 이런 날씨도 아름답다고 생각했다. 해가 뜨거울 때는 뜨거운 대로, 비가 쏟아질 때는 또 그대로 각기 다른 아름다움을 지녔다.

엄마가 건강하던 시절에 나는 내 느낌에 관해 이야기했다. 그러자 엄마는 '시'에 대해서 설명해 줬다. 엄마의 설명에 의하면, 옛날, 아주 먼 옛날에는 시인이 있었다. 그들이 하는 일은 시라는 걸 짓는 것이었다. 시는 '세상이 얼마나 아름답고 살 만한 곳'

인지를 가장 짧은 단어와 문장으로 기록한 것이었다.

엄마는 눈을 빛내며 "시는 가장 아름다운 창조물 중 하나야." 라고 말했다. 책이 없어졌기에 시도 없어졌고, 기록이 금지되었기에 시를 쓰는 사람 역시 사라졌다. 그래도 엄마는 내 머릿속에 떠오르는 감상까지 막을 수는 없다고 말해 줬다. 멋진 풍경을 볼 때면 엄마는 "아름답다는 생각을 다른 말로 바꿔 봐. 그러면 그게 곧 시가 될 테니."라며 말했다.

검고 두꺼운 구름이 하늘의 가장자리를 뒤덮기 시작하는 풍경은 마음을 들뜨게 했다. 그 풍경을 보고 있으면 가슴 속에서 회오리가 일었다. 이런 게 시인지는 모르겠지만, 내가 찾은 '아름답다'의 다른 표현이었다.

하지만 아름다운 것과는 별개로 폭우에 대비는 해야 했다. 그러자면 다시 실내로 들어가 쉬는 게 제일이었다. 슬슬 내 다리도 당겨 오고 있었으니까. 나는 길에서 50여 미터 벗어난 지점에 푸른색 지붕의 길쭉한 건물이 있는 걸 발견했다. 옛 시대에 창고로 쓰던 건물인 듯했다. 나는 그곳을 향해 자전거를 몰았다.

"안전할까?"

자주가 뒤에서 물었다.

"폭우 속을 달리는 것보단 나을 거야."

나는 힘껏 외쳤다.

건물 문은 다행히 열려 있었다. 아니면 녹이 슬어 자물쇠가 삭아 떨어져 나갔거나. 어쨌든 잠시 한숨 돌리기에는 최적의 장소였다. 게다가 건물 안으로 들어가자마자 기다렸다는 듯 비가 쏟아져 내렸다.

두두두두.

맹렬한 타격음이 양철 지붕에서 울려 퍼졌다. 건물 안은 짐작했던 대로 넓었고 휑했다. 가치가 있을 만한 물건은 이미 옛날에 다 털어 갔으리라. 자물쇠를 딴 것도 그런 이들의 소행일지 모른다. 지난 100년간 사람 수는 가파르게 줄었지만 물자는 그만큼 귀해졌다. 뭐라도 쓸만한 게 있다면 다들 눈에 불을 켜고 훔쳤다. 그리고 그런 물자, 혹은 물건은 딜리버에 의해 여기저기로 옮겨갔다.

"얼른 다리 쭉 펴고 쉬어."

자주가 말했다. 우리는 기둥에 기대앉아서 나름의 휴식을 즐겼다. 눈을 감고 머리를 기대고 있는데 간지럽고 까끌까끌한 느낌이 손가락에 닿았다. 슬쩍 내려다보니 핑크가 내 손가락을 핥고 있었다. 핑크를 보자 문득 궁금했다.

"이상연구소 말이야, 정말 그곳에서 체이서를 만들어 내는 걸까? 지부에서도 본부에서도?"

내가 아는 이상연구소는 섀도와 관련이 있었다. 내가 늘 들었던 건 섀도에 관한 무서운 이야기였으니까. 그런데 체이서까지 만들어 낸다니…….

"이상연구소의 예전 이름이 뭔지 알아?"

자주가 물었다.

"아니."

"상상연구소였어. 그땐 다들 상상력이 뛰어난 사람을 모아서 더 나은 세상을 만드는 연구를 한다고 떠들었대."

"상상력? 그러니까 뭘 꾸며 내는 능력 말이야? 그런 건 상층부 사람들만 가질 수 있는 거잖아. 여기서 상층부로 올라가는 아이도 상상력이 있어야 한다던데. 그런데 그걸로 어떻게 더 나은 세상을 만든다는 거야?"

나는 이해할 수 없었다. 상상력으로 세상을 더 좋게 만들겠다니, 그건 그야말로 어리석은 생각이었다. 엄마는 이야기 이어 가기 놀이를 하면서 내게 상상력이 뛰어나다고 말해 주었다. 하지만 엄마는 그걸 누구에게도 자랑하거나 내세우지 말라는 말도 덧붙였다. 그건 상상력이라는 게 그다지 쓸모가 없기 때문이 아니었을까? 자주는 나를 보며 빙긋 웃었다.

"상상력은 누군가가 없앤다고 사라지는 게 아니야. 우리가 하는 대부분의 생각은 상상력을 바탕으로 하거든. 넌 재미있는 소문이나 오싹한 이야기 들은 적 없어?"

있었다. 하지만 그냥 재밋거리 그 이상도, 이하도 아니었다.

"그런 게 상상력에서 나오는 거라고?"

나는 미심쩍은 표정으로 되물었다.

"그럼. 상상력은 경험하지 않아도 머릿속에 무언가를 그려 내는 힘이야. 그리고 그 힘은 이야기를 만들지. 이야기는 종종 사람을 일깨우고, 움직이게 만들고, 더 많은 걸 상상하게 만들어. 그러니 상층부에서는 많은 사람이 상상하고, 그걸 바탕으로 이야기 만드는 게 불안했을 거야. 더군다나 제목 없는 책에 관한 소문까지 돌았으니……."

"그러면 제목 없는 책에는 상상력을 바탕으로 한 이야기가 적혀 있는 거야?"

"그건 나도 몰라. 읽어 볼 수 없었으니까. 라이터에게 잘 전달한다면 이 안의 내용을 알 수 있겠지. 그런데 그거 알아? 예전에는 소설이라는 게 있었대. 이야기를 글로 기록한 거지."

"소설? 그건 시랑 달라?"

나는 그렇게 말하며 엄마에게 들은 시에 관해 자주에게 설명해 줬다. 자주는 잠시 생각하는 듯하더니 대답했다.

"사실 나도 정확하게 알진 못해. 내가 말하는 건 모두 반란군의 프로페서에게 들었으니까. 프로페서는 정말 모르는 게 없거든. 아무튼, 소설은 이런 거랬어. 가 보지 못한 장소에서, 만나 보지 못한 인물이, 경험해 보지 못한 모험을 즐기는 거라고. 여러 개의 이야기가 모이면 그게 곧 소설이 된대."

"이야기가 모인 거라고……. 궁금하다."

우리의 한가한 대화는 거기서 끝났다.

쾅!

느닷없이 그런 소리와 함께 건물 문이 떨어져 나갈 듯 활짝 열렸다. 완전히 방심하고 있던 나는 놀라서 벌떡 일어났다. 자주도 따라 일어섰다. 건물 안으로 들어온 건 한 마리의 거대한 말이었다. 물에 젖어 착 달라붙은 검은색 털 때문인지 우람한 근육이 똑똑히 보였다. 말을 타고 있는 건 '장고'였다. 딜리버 중 그를 모르는 이는 아무도 없을 것이다. 탑티어 중에서도 탑인 장고는 가장 우수하고, 가장 강력한 딜리버였다. 떠도는 소문으로는 장고는 헌터 역할도 병행한다고 했다. 그래서일까? 그는 우리를 찾아냈고 말 위에 올라앉아 묵묵히 내려다보고 있었다.

"당신이 왜?"

나는 그렇게 물을 수밖에 없었다. 말로만 들었던 장고의 무시무시함은 사실이었다. 말과 함께 그가 내뿜는 위압감에 그저 얼어붙어 마른침만 삼킬 뿐이었다.

"제목 없는 책을 내놔. 그것만 건네주면 너흰 살려 주겠다."

"싫어!"

자기 가방을 품에 꽉 안으며 자주가 날카롭게 외쳤다. 나도 말을 이었다.

"장고, 이 임무는 내가 맡았어요. 당신도 알잖아요! 먼저 임무를 맡은 딜리버에게……."

"나는 목적지가 다르거든."

장고는 내 말을 자르며 이야기했다. 바위처럼 무뚝뚝하고 강해 보이는 얼굴에는 표정이라고는 전혀 떠올라 있지 않았다.

"목적지가 다르다는 게 무슨 말이죠?"

내가 물었다.

"나는 상층부의 의뢰를 받았거든. 무슨 일이 있어도 제목 없는 책을 가져오라고."

장고는 유독 '무슨 일이 있어도'를 강하게 발음했다. 그야말로 '무슨 짓'을 해서라도 자주의 책을 뺏겠다는 강한 의지가 느껴졌다. 나는 장고를 노려봤다. 말 위에 올라타 있는 그가 지금은 체이서보다 더 무서워 보였다. 장고에게서 시선을 떼지 않은 채 자주만 들을 수 있을 정도로 낮게 속삭였다.

"내가 상대할 테니 넌 밖으로 도망쳐."

"하지만……."

자주가 더 말하기 전에 내가 한 발 앞으로 나섰다. 부메랑을 빼든 채.

"같은 딜리버라고 해도 난 절대 봐주지 않아. 어린애라도 마찬가지고."

장고는 그렇게 말하며 허리춤에서 채찍을 꺼내 들었다. 둥글게 말린 채찍은 장고가 손목을 한 번 놀리자마자 착 소리를 내며 길게 늘어났다. 그 찰나의 순간, 내가 먼저 부메랑을 던졌다.

그러면서 외쳤다.

"지금이야!"

내가 겨냥한 목표물은 장고가 아니었다. 말이었다. 짧게 휘어
지며 날아간 부메랑은 말의 주둥이를 때렸다.

히이잉!

검은 말은 앞다리를 치켜들며 흥분했다. 생각보다 훨씬 빠르
게 달린 자주가 말 옆을 지나쳐 밖으로 나갔다. 장고는 말을 진
정시키면서도 고개를 돌려 눈으로 자주의 뒤를 쫓았다. 바로 달
려 나갈 기세였다. 그렇게 놔둘 수는 없었다. 나는 다시 돌아온
부메랑을, 이번에야말로 장고를 향해 던졌다. 장고는 채찍을 휘
둘러 그걸 쳐냈다. 사실 그건 또 다른 미끼였다. 그사이에 내가
할 일은 자전거로 달려가는 거였다. 몸을 날려 세워둔 자전거에
단번에 올라탔다. 그러고는 곧장 페달을 밟았다. 하지만 자전거
는 앞으로 나가지 않았다. 뒤를 돌아봤다. 채찍이 뒷바퀴에 감
겨 있었다.

"아……"

예상치 못한 상황에 당황할 때 장고가 채찍을 당겼다. 자전거
뒤쪽이 들렸다. 어마어마한 힘이었다. 다리로 바닥을 딛고 버티
려 했지만 소용없었다. 자전거가 끌려갔다. 나는 어쩔 수 없이
바닥으로 몸을 굴렸다. 장고는 채찍을 휘둘렀고, 자전거는 거기
에 휘말려 건물 벽에 처박히고 말았다. 핸들이 돌아가고 앞바

퀴가 우그러지는 게 보였다.

"안 돼!"

나도 모르게 그런 말이 터져 나왔다. 바구니에 들어 있던 반야까지 저만치 날아가 버렸다.

"너부터 없애야겠군."

장고는 차가운 눈으로 나를 노려봤다. 속에서 뜨거운 게 올라왔다. 내게 남은 건 아무것도 없었다. 부메랑도, 질풍도, 그리고 반야도.

"용서 못 해!"

나 역시 장고를 노려보며 외쳤다.

"웃기는 놈. 좋아, 같은 딜리버니 내가 기회를 한 번 주지. 포기하고 싶으면 말해. 봐줄 테니. 대신 저 빨간 머리 여자애를 꼬드겨서 데리고 와. 그러면 넌 살려 주겠다."

"포기하라고?"

되물었다. 장고는 거만한 표정 그대로 고개를 끄덕했다.

"싫어."

"왜지?"

"난 딜리버니까. 내가 맡은 배달은 내가 끝까지 책임져."

"그럼…… 죽어라."

나는 버티고 서 있었다. 무서워 죽을 것 같았지만 벌벌 떨면서 죽기는 싫었다. 장고가 팔을 높이 들었다. 채찍을 휘두를 모양이었다. 그게 내 목을 감고 조른다면…….

그때였다.

"도망가, 윤찬!"

그 말과 함께 장고의 얼굴을 향해 뛰어오른 건 반야였다. 남은 두 팔에 힘을 잔뜩 모아 몸을 날린 것이다.

"반야!"

반야는 장고 얼굴에 딱 달라붙은 다음 팔로 감쌌다. 장고는 반야를 떼어 내려고 발버둥 쳤다.

"윤찬, 고마웠다. 내 마지막 에너지를 쓸 거야. 시간을 벌 테니까 어서 가."

"안 돼! 안 돼, 반야!"

뜨거웠던 그것은 울컥하는 눈물이 되어 쏟아졌다. 입술이 파르르 떨렸다. 반야와 이대로 헤어질 수 없다는 생각이 들면서도 한편으로는 지금 바로 도망쳐야 한다는 차가운 이성이 머리 한쪽을 차지했다.

"안녕, 윤찬."

그것이 반야의 마지막 말이었다.

"꺼져!"

장고가 소리치며 반야를 뜯어내려 했지만 꿈쩍도 안 했다. 나는 장고와 말을 지나쳐 달렸다. 눈앞이 뿌옜다. 그래도 비가 쏟아지는 바깥 풍경은 눈에 다 들어왔다. 자주는 보이지 않았다.

그런데 다른 게 있었다. 전혀 생각하지 못했던 무언가가.

철로 만들어진 네모난 물건, 그건 자동차였다. 바퀴가 네 개나 달려 있었다. 자동차의 조수석 창문이 열리더니 누군가의 목소리가 들렸다.

"포기할 건가, 아니면 저항할 건가?"

나는 망설이지 않고 대답했다.

"저항."

그 순간 자동차 속 남자가 말했다.

"타."

나는 뒷문을 열고 차 안으로 들어갔다.

도서관의 주인

차 안은 안락했다. 나는 모처럼 깊은 잠을 잤다. 내 옆에 자주가 앉아 있다는 것도 마음을 놓는 데 한몫했다. 꿈에서 반야가 나왔다. 내 삶의 모든 순간에는 반야가 있었다. 엄마가 쓰러져 요양원에 가야 했을 때도 반야는 내 곁을 지켰다. 반야는 항상 나를 위해 무언가를 해 주었다. 마지막까지도 그 임무를 다했다. 나는 그런 반야를 향해 제대로 된 인사도 못해 줬다. 그게 너무 후회스러웠다.

잠에서 일어났을 때 내 눈가는 촉촉하게 젖어 있었다. 나는 눈을 비비는 척하며 눈물을 닦았다. 그리고 옆으로 고개를 돌리니 자주가 나를 빤히 보고 있었다.

"괜찮아. 또 올 수도 있어."

자주가 말했다. '또'를 유독 강하게 발음한 것도 같았다.

97

"아, 아니……."

나는 당황했다. 벌써 두 번째다. 자주 앞에서 눈물을 보이는 게. 그래도 자주가 그렇게 말해 줘서 고마웠다.

"거의 다 왔단다."

앞에서 들린 소리에 나는 그제야 완전히 정신을 차렸다. 차에 타자마자 기절하듯 잠들었기에 나는 누가 운전하는지도 몰랐다. 물론 자동차라는 물건에 타는 것도 처음이었다. 바퀴가 네 개에 엔진을 통해 달리는 엄청나게 빠른 탈것. 그 정도가 자동차에 관해 내가 아는 전부였다. 옛 시대에서는 많은 사람이 자동차를 타고 다녔다고 들었다. 나는 운전석 쪽을 봤다. 흰색 머리카락이 부드럽게 물결치는 통통한 체격의 남자가 앉아 있었다. 가느다란 테의 안경까지 쓰고 있었다.

"저…… 누구신지 여쭤봐도 될까요?"

나는 조심스레 물었다. 그러면서 다시 자주를 봤다. 혹시 이미 알고 있나 싶어서였다. 자주는 살짝 고개를 저었다.

"나는 라이터님의 비서란다. 에디터 큐라고 부르면 돼."

"그럼, 지금 라이터님을 만나러 가는 건가요?"

다시 물었다.

"그래. 거의 다 왔어. 서울에 들어섰단다."

"벌써 서울이라니……."

나는 놀라서 차창 밖을 살펴봤다. 자전거였다면 이틀은 더 걸

렸을 텐데 자동차는 역시 빨랐다.

자전거를 떠올리니 무참하게 부서진 질풍 생각이 나 다시 우울해졌다. 서울이라는 곳의 살풍경한 모습도 우울함을 더 자극했다. 한때는 높디높은 건물이었을 것들이 대부분 절반 정도 무너져 있었다. 아예 폭삭 주저앉은 건물도 보였고, 똑같이 생긴 여러 채의 집이 한 방향으로 우르르 쓰러져 있는 것도 보였다. 도로는 곳곳이 다 푹 꺼진 채였고, 지나다니는 사람은 한 명도 없었다. 이상하게도 흐린 날씨가 아닌데 대기가 회색빛이었다. 얼마간 그런 길을 더 달려 자동차는 조금씩 속도를 줄였다.

"다 왔어요?"

자주가 물었다. 핑크가 작게 낑낑거렸다.

"응. 바로 저기야."

에디터 큐는 네모난 벽돌 건물을 가리켰다. 제법 멀쩡한 상태를 유지하고 있었다. 게다가 상당히 컸다. 큐는 우그러진 검은색 철제문을 지나 건물 앞에 자동차를 세웠다. 황량한 공간은 텅텅 비어 있었다.

"내리면 되나요?"

내가 묻자 큐는 웃으며 대답했다.

"그래. 딱 맞게 기름이 떨어졌구나. 연료만 넉넉했다면 너희가 고생을 덜 했을 텐데."

연료가 귀하다는 건 나도 잘 알고 있었다. 그러고 보니 이런 자동차는 연료가 엄청나게 들겠구나 싶었다. 그런 생각과 함께 차에서 내렸다. 자주도 따라 내렸다. 어느새 운전석에서 나온 큐는 건물 입구로 이어지는 계단을 가리켰다.

"올라가자."

자주와 나는 말없이 큐의 뒤를 따랐다. 라이터는 과연 어떤 존재이기에 이런 넓은 곳에서 지낼까?

우리는 건물 안으로 들어갔다. 그곳도 황량하기는 바깥과 별다른 차이가 없었다. 어디에도 쉬거나 잘 만한 곳, 아니면 무언가를 먹을 만한 곳이 보이지 않았다. 방은 무수히 많아도 대개 문이 부서지거나 벽이 무너진 상태였다. 나는 궁금증이 일어 참을 수 없었다.

"라이터님은 어디에 계세요?"

"여기로."

큐는 부드럽게 웃으며 지하로 이어지는 계단을 가리켰다.

"지하실?"

나는 의아한 마음에 되물었다. 지하에 숨어 산다는 건가? 하긴, 상층부의 감시에서 벗어나려면 그편이 나을지도 모른다. 지하실로 내려가는 계단은 어두컴컴했다. 분위기도 우중충했다. 자주도 긴장했는지 내 옷을 꼭 쥐었다. 우리의 마음을 읽은 걸까? 큐는 밝은 목소리로 말했다.

"보통의 지하실이 아니란다. 보면 깜짝 놀랄 거야. 물론 좋은 의미로."

우리는 계단을 따라 한참을 더 내려갔고, 결국 깜짝 놀라고
말았다. 물론 좋은 의미로.

"우아!"

"아!"

나와 자주는 동시에 감탄사를 뱉었다.

지하, 그곳은 완전히 다른 세상이었다. 그냥 지하실이라 불러
서는 안 되는 그런 공간이었다. 눈이 편안해지는 주황색 불빛이
어둠을 환하게 밝히고 있었고, 사방의 벽면과 그 사이사이에는
까마득히 높은, 고개를 한껏 뒤로 젖혀야 할 정도로 큰 구조물
이 서 있었다. 갈색인 것으로 봐서 나무로 만든 것 같았다. 더
중요한 건 그 구조물에 뭔가가 가득 채워져 있다는 거였다. 빼
곡하게 들어찬 그건 전부 책이었다. 자주가 가지고 있는 제목
없는 책과 똑같은 모양새였다. 그런 책이 수백, 아니 수천, 아니
수만 권은 있는 것 같았다.

큐는 드넓은 책상을 가리키며 말했다. 그것도 나무를 깎아
만든 것이었다.

"여기 앉으렴. 라이터님이 곧 오실 거야."

"이게 전부 다 책인가요?"

자주가 전에 없이 떨리는 목소리로 물었다. 큐는 흐뭇하게 웃
으며 주위를 둘러본 뒤 대답했다.

"그렇지. 이곳은 책들의 천국, 바로 도서관이란다."

"에고, 책들의 무덤이 될 판인데 천국은 무슨!"

카랑카랑한 목소리가 들려왔다. 나는 자주와 함께 소리가 들린 쪽으로 고개를 돌렸다. 지하실, 아니 도서관 안쪽 저 멀리서 키가 크고 마른 여자가 걸어왔다. 길게 기른 은회색 머리카락이 멀리서도 또렷하게 보였다. 거기에 초록색 카디건과 통이 넓은 바지를 입고 있었다. 발에는 푹신푹신해 보이는 슬리퍼를 신었다. 나는 우리를 향해 다가오는 여자가 라이터라는 걸 알았다. 라이터는 거북이처럼 목을 길게 빼고 있었다. 아마 그게 평소 자세인 모양이었다. 나와 자주는 눈치를 보다가 슬그머니 일어났다. 큐가 워낙 깍듯하게 고개를 숙였기 때문이었다.

"안녕하세요?"

"안녕하세요?"

자주와 나는 똑같이 인사했다. 라이터는 손을 절레절레 젓더니 의자를 가리키며 말했다.

"나야 안녕하지. 그러니 어서 앉아. 먼 길 와서 피곤할 텐데."

"운전은 제가 했습니다만?"

큐의 농담에 라이터는 씩 웃었다.

"자네도 수고했어. 덕분에 우리가 이렇게 만났잖아. 역사적인 만남이지."

"그러면 저는 잠시 물러가 있겠습니다."

큐는 그 말과 함께 우리가 내려왔던 계단을 거꾸로 올라갔다. 도대체 그 황량한 위층에서 뭘 하려는지 알 수 없었다. 내가 큐의 뒷모습에 시선을 두고 있을 때 똑똑 소리가 났다. 라이터가 손가락을 꺾어 책상을 살짝 두드린 모양이다.

"정식으로 인사할까? 난 라이터야. 이제 이 세상에 단 한 명남은 라이터. 이름은 잊었어. 그 정도로 오래 살았거든. 그러니너희도 그냥 라이터라고 불러 줘."

"아! 저, 저는 윤찬이라고 해요."

나는 딜리버라고 붙일까 하다가 그만뒀다. 라이터는 이미 다 알고 있는 듯했다.

"빨간 머리 소녀, 네가 바로 자주구나. 미래를 보는 아이."

라이터는 자주를 따뜻하게 바라보며 말했다.

"네. 그다지 쓸모는 없지만 미래를 볼 수 있기는 해요."

자주는 수줍은 듯 고개를 숙였다.

"네가 있었기에 그 책이 여기로 온 거지. 그리고 윤찬, 네가있었기에 그 책이 무사히 도착한 거야. 배달 솜씨가 아주 좋아."

이번에는 내가 수줍어할 차례였다. 라이터는 말을 아주 잘했다. 목소리는 부드러웠고 눈빛은 깊었으며 말투는 친근했다.

"책…… 보여 드릴까요?"

자주가 가방에 손을 대면서 물었다. 나는 핑크를 얼른 안아들었다. 핑크는 졸린 듯 내 품으로 파고들었다. 라이터는 핑크

를 힐끔 본 뒤에 다시 자주를 향해 시선을 돌렸다. 눈가의 주름
이 그녀를 꽤 현명하게 보이도록 만들었다.

"아니야, 아직 가지고 있으렴. 그걸 꺼내서 봐야 할 순간은 아
직 오지 않았어."

라이터는 의외의 말을 했다. 자주는 멈칫했다. 나도 당황해서
라이터와 자주 얼굴을 번갈아 봤다.

"이게 엄청 중요한 물건이라고……."

"내가 뭘 하는지 아니? 지하에 있는 이 도서관에 앉아서 종
일 하는 일…… 궁금하지 않니?"

내 말을 자르며 라이터가 물었다. 그건 궁금하긴 했다. 내가
아는 정보라고는 라이터가 제목 없는 책의 봉인을 풀고 그걸 읽
어 낼 수 있다는 것뿐이었으니까.

"궁금해요."

자주가 라이터를 똑바로 보며 말했다. 라이터는 그렇게 말해
줘서 진심으로 기뻐하는 것 같았다. 얼굴에 커다란 미소를 걸
고서 라이터가 말했다.

나는 소설을 쓴단다. 소설은 말이야, 없던 세계를 만든 뒤에 그 안
으로 가장 독특한 캐릭터를 잔뜩 집어넣은 다음 이야기라는 소스를
듬뿍 넣고 마구 휘젓는 거란다. 그래서 어떨 땐 내가 생각지도 못한
방향으로 소설이 흘러가곤 하지. 하지만 난 그걸 그대로 둔단다. 목적

지만 정해져 있다면 어떤 이야기라도 펼쳐질 수 있는 게 소설의 세계거든.

아주 오래전, 그러니까 우리 인류가 여전히 책이라는 걸 읽고 상상하고 그런 상상의 끝에서 길어 올린 이야기를 나누던 때에는 아무나 소설을 썼단다. 정말이란다. 물론 나도 전해 들었을 뿐이지만 그런 시절이 있었다지. 소설을 쓰는 데 자격 같은 건 없었어. 이야기를 떠올릴 수 있는 사람이라면 누구든 썼고, 또 많은 사람이 그걸 읽어 줬지.

여기 꽂혀 있는 책의 대부분은 바로 소설이야. 이야기란 거지. 수만 개의 서로 다른 이야기! 멋지지 않니? 누구든 이런 상상을 할 수 있었던 시절.

아까도 말했지만, 나는 이 세상에 마지막 남은 라이터야. 5년 전만해도 몇 명이 더 있었는데 이제 소설을 쓰는 인간은 나밖에 없지. 내가 쓴 소설은 에디터 큐의 손을 거쳐 비밀리에 하층부 시민에게 전해진단다. 여전히 이야기를 좋아하고 아끼는 이들이 내 소설을 애타게 기다리지. 그래서 난, 이미 너무 늙어 버렸지만…… 여전히 쓰는 걸 멈출 수 없단다. 독자라고 하거든. 내 소설을 읽어 주는 이를 독자라고 해. 그런 독자가 한 명이라도 있다면 라이터는 기꺼이 쓸 수밖에.

물론 내가 하는 일은 위험하지. 금지된 행동이니까. 그런데 그거 아니? 금지하는 행동일수록 때론 더욱 값어치가 있다는 사실. 이야기가 없는 세상은 일차원이 될 수밖에 없어. 이야기는 그런 세상을 삼차원, 때로는 사차원으로도 만들지. 상층부는 그걸 경계하는 거란다. 우리가 상상력을 통해 이야기를 만들어 내고, 그걸로 희망이라는 걸 품는 일 자체를 싫어하고, 그래…… 두려워하지.

라이터의 이야기를 듣는 동안 나는 점점 신기한 기분을 느꼈다. 이상하고 낯선 세계에 와 있는 것 같았다. 라이터는 글을 쓴다. 그것도 소설을. 게다가 여전히 소설을 읽는 사람이 있다니 그것도 내겐 충격이었다.

"그럼…… 이 책도 소설인가요?"

묵묵히 라이터의 말을 듣고 있던 자주가 어느새 꺼낸 제목 없는 책을 가리키며 말했다. 그 책은 나무 책상 위에 놓여 있었는데 그 모습이 썩 잘 어울렸다.

"그래, 그래. 이젠 이 책에 관해 이야기할 때가 됐지. 그전에 하나만 묻자꾸나. 자주야, 가장 최근에 본 미래가 뭐였지?"

자주는 머뭇거리더니 조용히 말했다.

"명확하지 않아요. 이런 적은 처음인데 마치 투명하지 않은 유리 너머를 보는 것 같았어요. 어른이었고, 어떤 남자가 책상 앞에 등을 돌린 채 앉아서 뭔가를…… 네, 뭔가를 쓰고 있었어요."

"그렇구나. 알겠다. 누군가가 계속해서 쓴다는 게 중요하지."

라이터는 알 듯 모를 듯 묘하게 말했다. 나는 슬슬 조바심이 났다. 사실 내 배달 임무는 이미 끝났다. 라이터의 이야기가 재미있고, 제목 없는 책의 정체가 궁금하기도 했지만 내게 무엇보다 중요한 건 엄마였다. 이제는 금 100개를 받아 얼른 돌아가고 싶었다. 하루라도 빨리 엄마를 상층부의 병원에서 치료받게 하는 것이 내 꿈이었다.

"저, 이럴 때 이런 말 하는 게 좀 그렇긴 한데요, 전 이제 빠지고 싶어요. 자주야. 금 100개, 지금 줄 수 있지?"

"어? 으응."

당황한 표정을 짓긴 했지만 자주는 그렇게 말했다. 라이터는 나를 보더니 다시 웃었다. 사람을 편안하게 만들어 주는 미소였다.

"그렇지. 딜리버의 역할을 다했으니 가도 좋겠구나."

"여기 있어. 고마웠어."

자주는 붉은빛 주머니를 건넸다. 슬쩍 열어 보니 금이 한가득 들어 있었다. 나는 고개를 끄덕였다.

"나도 고마워. 고맙습니다, 라이터님."

둘에게 인사한 후 나는 계단으로 향했다. 핑크는 이미 내가 앉았던 의자에 놓아두었다. 그때 자주가 물었다.

"혼자서 어떻게 가려고? 자전거도 없잖아."

"튼튼한 두 다리가 있잖아. 걱정하지 마."

나는 크게 웃어 보여 줬다. 그러자 이번에는 라이터가 마지막 인사말을 건넸다.

"윤찬, 이걸 기억하거라. 자기의 이야기는 자기가 만들어 가는 거란다."

"네."

솔직히 무슨 말인지 이해하기 어려웠다. 그래도 일단 대답한 후 계단을 달려 올라갔다. 큐는 보이지 않았다. 나는 썰렁한 1층을 빠져나가 밖으로 향했다. 금이 든 주머니는 이미 가방에 넣었다. 묵직했다. 그만큼 마음도 든든했다. 물론 제목 없는 책을 둘러싼 사연과 앞으로의 일이 궁금하지 않다면 거짓말이다. 궁금했고, 걱정됐고, 기대도 됐다. 하지만 한편으로는 그 모든 게 나와는 먼 세계의 일이었다. 나는 탑티어 딜리버이기는 하지만 영웅도 아니고 전사도 아니다. 반란군은 더더욱 아니다. 그들에게는 그들의 일이, 내게는 나에게 중요한 일상이 남아 있었다. 난, 엄마를 절대 포기할 수 없었다.

왔던 길을 따라 터덜터덜 걸어갔다. 아무도 없는 텅 비어 버린 거리를 거의 한 시간 정도 걸었다. 도로에는 온갖 잡동사니가 가득했지만 탈 건 보이지 않았다. 한참을 더 걷다가 잠시 쉬어야겠다고 생각한 찰나 그리 멀지 않은 곳에서 귀에 익은 소리가 들렸다.

히이잉.

말이 내는 소리였다. 자연스레 장고와 그 검은 말이 떠올랐다. 그 딜리버가 벌써 쫓아온 것이다! 나는 반사적으로 무너진 건물과 건물 사이에 숨었다. 이번에는 다른 소리가 들렸다.

다그닥다그닥.

말발굽 소리였다. 소리는 점점 가까워졌다. 나는 몸을 웅크린 채 벽에 딱 붙었다. 그 상태로 눈만 크게 뜨고 있었다. 잠시 후 검은 말이 모습을 드러냈다. 혼자였다. 장고는 없었다. 말은 연신 고개를 주억거리며 천천히 걸었는데 자세히 보니 온몸에 상처가 가득했다. 피가 흐르는 부위도 많았다. 반야가 남긴 상처일 리는 만무했다. 나는 주위를 살핀 뒤 도로로 나갔다. 검은 말이 나를 힐끔 보더니 조심스레 다가왔다. 놈은 나를 기억하는 듯했다.

"무슨 일이야? 장고는 어디 갔어?"

검은 말은 내게 머리를 기댔다. 그러고는 몸을 돌려 왔던 길을 되돌아 움직이기 시작했다. 마치 따라오라는 듯 서서 나를 보고, 다시 걷기를 반복했다.

"따라오라고?"

말을 따라 걸었다. 얼마 지나지 않아 검은 말은 내가 숨었던 곳보다 더 좁은 골목으로 방향을 틀었다. 무심결에 따라 들어간 나는 깜짝 놀라고 말았다. 거기에 장고가 쓰러져 있었다. 고철이 된 자동차에 기대앉은 장고는 배에서 피를 흘렸다. 많은 양이었다. 손을 상처 부위에 대고 있었지만 소용이 없었고, 그건 곧 장고의 죽음을 의미했다. 장고는 고통에 얼굴을 찡그리면서도 나를 보더니 웃었다.

"크크. 추한 꼴을 보이는군."

"어떻게 된 거예요?"

나는 쪼그리고 앉아 장고의 눈을 마주 보며 물었다. 눈에는 생기가 하나도 없었다.

"사냥당한 거지 뭐."

"누구한테……."

"디텍터."

"디텍터가 왜?"

"알잖아? 그 깡통 로봇들은 같은 편인지 아닌지 따위는 신경도 안 쓴다는 거. 놈들도 제목 없는 책을 찾고 있지. 재수 없게 내가 좀 더 앞서 달리고 있었고."

"뒤에서 공격당했군요."

"난 너희 흔적을 어렵게 쫓아서 여기까지 왔는데…… 그것들은 리더의 예언으로 금세 찾았을 거야. 젠장."

"여기서 멀지 않은 곳에 도서관이 있어요."

죽어 가는 이에게 이 정도는 말해 줘도 괜찮으리라. 내 말을 들은 장고의 눈이 커졌다.

"도서관이라……, 그 책의 최종 목적지에 정말 딱 어울리는 장소군."

"도서관을 아세요?"

"알지. 책이 잔뜩 있지? 난 사진으로만 봤지만 말이야."

장고의 목소리는 점점 작아졌다. 이제 몇 분 남지 않았다. 아마 본인도 알고 있으리라. 나는 끝까지 그의 곁을 지켜 주고 싶었다.

"엄청나게 많은 책이, 소설이 거기 있어요."

"생각나는군. 한 5년 전이었나? 상층부의 명령을 받아 남아 있는 라이터를 모두 잡아들이는 일에 나도 동원됐지. 그때, 이야기를 만든다는 여자를 납치해 이상연구소로 데려갔어. 그 여자가 직접 썼다는 이야기가 담긴 책도 싹 다 찾아서 소각했지. 아무튼……."

순간 싸한 느낌이 머릿속을 스치고 지나갔다. 장고는 풀린 눈으로 허공을 보며 말을 이어갔다. 계속 떠들어야만 죽음을 미룰 수 있다는 듯이.

"연구소에선 라이터들의 상상력을 없애야 한다며 주사 같은 걸 놓았다더군. 그런데 그 주사를 맞고 다들 깨어나지 못했어. 내가 잡아간 여자도 결국 식물인간이 되어 다시 집으로 보내 줬어. 라이터는 이 세계에 해로운 존재야. 크크."

나는 그 여자가 흰색 셔츠를 입고 있었는지 묻지 않았다. 머리카락을 길게 길러 하나로 묶고 있었는지도 묻지 않았다. 얼굴이 하얗고 눈이 반달 모양이었는지도 묻지 않았다. 우리 엄마였

느지 묻지 않았다. 장고는 크게 기침을 하며 피를 토해 냈다. 눈이 거의 감겨 가고 있었다. 나는 다른 걸 물었다.

"저 말, 이름이 뭐예요?"

"프렌드. 어디든 자기 주인을 찾아내서 달려오는 아주 충직한 놈이지."

그게 마지막이었다. 장고는 그 대답을 끝으로 눈을 감았다. 입이 반쯤 벌어져 있었다. 나는 죽은 이를 향해 잠시 고개를 숙인 뒤 일어났다. 의문이 풀렸다. 의외의 순간에 의외의 장소에서. 엄마는 라이터였다. 어릴 적부터 나와 했던 놀이는 엄마가 라이터였기에 가능했던 것들이었다. 속이 울렁거렸다. 자주의 머리카락 색처럼 선명한 분노가 빠르게 차올랐다. 이상연구소, 그리고 상층부. 둘 다 엄마와 관련이 있다. 내가 너무 순진했다. 금을 모아 상층부에 가면 엄마를 치료할 수 있을 줄 알았다.

내가 생각에 잠긴 사이 검은 말, 그러니까 프렌드가 다가와 내 어깨를 툭 쳤다. 자기 머리로. 그제야 퍼뜩 현실로 돌아왔고 장고가 했던 말이 떠올랐다. 디텍터들이 도서관으로 향하고 있다! 혹시 자주가 미리 알았을까? 아니면 어쩌지? 알았다고 해도 도망치지 못한다면…….

그때였다. 기계음이 들린다 싶던 찰나, 고개를 돌리니 골목 반대편 어귀에 디텍터 한 대가 서 있었다. 그 레이저 총으로 나를 조준한 채. 나는 이미 늦었다는 걸 깨달았다. 내가 아무리 빨리 움직여도 레이저를 피할 순 없었다. 항복한다고 손을 들어 봐야 봐 줄 것 같지도 않았다. 디텍터가 말했다.

"목표물 발견."

나는 그대로 얼어붙었다. 여기서 끝인가? 이제야 진실을 알게 됐는데 디텍터가 총을 들어 올렸다. 정확히 나를 조준하고 있었다. 그 순간 디텍터 앞으로 뭔가가 떨어졌다. 길쭉한 원통형의 물건이었다.

파지직!

전기의 장벽이 디텍터를 감쌌다. 감전된 디텍터는 마구 요동치다가 결국 쓰러지고 말았다. 전혀 예상치 못했던 상황에 나는 움직일 생각도 않고 보고만 있었다. 완전히 기능을 상실한 디텍터는 검은 연기를 뿜어냈다. 건물 위에서 누군가가 훌쩍 뛰어내린 건 바로 다음 순간이었다.

"이거로 빚은 갚은 거다."

하이에나 무리의 대장이었다.

"에? 아저씨가 여긴 왜?"

"고맙다는 말은 안 하냐?"

"아! 고맙죠. 고맙습니다. 그런데 너무 놀라서……."

자주를 만난 이후 지금까지 예상대로 흘러간 일이 하나도 없었다. 지금도 마찬가지였다. 하이에나 대장은 고철이 된 디텍터를 발로 툭툭 차며 말했다.

"부하를 모두 잃었지만 임무는 수행해야 하니 너희를 계속 추적 중이었지. 그러다가 저 딜리버가 디텍터 군단에게 공격당하는 걸 본 거야. 그걸 보니 마음이 불편하더라고. 상층부 놈들은 디텍터다, 체이서다 만들어서 우릴 괴롭히는데 거기에 대고 굽실거려야 한다는 게. 그런데 때마침 널 봤지. 혼자 움직이는 걸 보고 배달을 끝냈구나 싶었고. 뭐 도와준 건 아까 말한 대로 빚갚은 거야."

"아저씬 이제 어떻게 하실 거예요?"

내 물음에 대장은 쓴웃음을 지었다.

"마음 같아서는 체이서 놈에게 복수하고 싶지만, 그건 내 힘으론 안 되겠지. 이대로 시장으로 갈 거야. 오너한테 한 소리 듣긴 하겠지만. 넌 어떡할 거냐?"

"저도 누굴 도우려고요."

나는 그렇게 말했다. 결심을 굳히는 데까지는 그리 긴 시간이 필요하지 않았다. 나는 도서관으로 돌아가기로 했다. 자주와 라이터, 그리고 큐를 도와야 했다. 혹 디텍터보다 빨리 도서관에 도착한다면 그들을 대피시킬 수도 있으리라.

"그럴 줄 알았다. 어쨌든 행운을 빌마."

대장은 그 말을 끝으로 저 멀리 다른 길을 향해 달려갔다. 나는 잠시 바라보다가 말을 향해 물었다.

"프렌드, 나 좀 태워 줄 수 있어?"

말은 나를 물끄러미 보다가 다시 머리로 어깨를 툭 쳤다. 나는 그걸 긍정의 의미로 받아들였다. 조심스레 손을 뻗어 안장을 잡았다. 그러고는 등자를 딛고 단숨에 안장에 올랐다. 프렌드는 가만히 있었다. 말을 타는 건 처음이었지만 자전거보다 훨씬 높다는 사실만 다를 뿐 오래 함께한 것처럼 편안했다. 나는 프렌드의 목을 쓰다듬으며 말했다.

"잘 부탁해. 달리자."

프렌드는 그 말을 기다렸다는 듯 마구 달리기 시작했다.

몇 번의 위기가 있었지만, 나는 다행히 고꾸라져서 목이 부러지지 않고 무사히 도서관에 도착했다. 그것도 정말 빠르게. 프렌드가 미친 듯이 달리는 동안 난 떨어지지 않으려고 신경 쓰며 틈틈이 주위를 살폈다. 디텍터는 보이지 않았다. 아마 다른 길을 통해 도서관으로 향하는 듯했다. 어찌 되었든 그 로봇 군단이 도착하는 건 시간문제였다. 나는 프렌드에서 내리자마자 계단을 달려 올라갔다. 여전히 휑한 1층을 지났고 다음은 지하실로 이어지는 계단이었다. 그때부터는 계속 자주를 불렀다.

"자주야! 자주야!"

내가 층계참을 막 돌았을 때 아래에서 올라오던 자주와 딱 마주쳤다. 나는 놀라서 멈춰 섰다.

"윤찬! 왜 돌아왔어?"

자주 역시 놀란 표정으로 물었다.

"디텍터들이 오고 있어!"

내가 말하자 자주는 고개를 끄덕였다.

"나도 봤어. 아니, 보였어. 그래서 도망쳐야 하는데……."

"안 돼! 도대체 이게 뭐야?"

밑에서 라이터의 목소리가 쩌렁쩌렁 울려 퍼졌다. 나는 자주와 함께 도서관으로 내려갔다. 라이터와 큐가 책상 앞에 앉아 있었다. 책상에 놓인 건 바로 제목 없는 책이었다. 그게 펼쳐져 있는 걸 발견했다. 또 하나, 라이터의 머리카락이 마구 헝클어 졌다는 사실도 알아챘다.

"빨리 가셔야 해요. 디텍터 군단이에요! 우리끼리 여길 지킬 순 없어요."

내가 말했지만 라이터는 제대로 듣는 것 같지 않았다. 그저 멍하니 제목 없는 책만 내려다볼 뿐이었다. 그러면서 계속 중얼 거렸다.

"이럴 리가 없어. 이럴 리가 없는데……."

"무슨 일이에요?"

나는 큐를 향해 물었다. 에디터 큐는 난감한 표정을 짓더니 이내 대답했다.

"저 책의 봉인을 풀고 드디어 읽을 수 있는가 했는데 아무것도 없었어."

"아무것도 없었다니 그게 무슨 말이에요?"

"아무것도 안 적혀 있어. 전부 빈 페이지."

자주가 말했다. 나는 얼른 라이터 옆으로 다가갔다. 제목 없는 책은 중간 부분이 펼쳐져 있었고, 역시 아무런 글자도 어떠한 그림도 보이지 않았다. 아마 다른 페이지도 마찬가지인 모양이었다. 나도 충격받았지만, 라이터는 그야말로 엄청나게 상심한 듯했다.

"빈 페이지만 묶어 놓은 건 책이 아니야. 제목 없는 책에 관한 건 죄다 헛소문이었어. 하긴 책 한 권으로 세상을 어떻게 바꾸겠어. 허허."

"알겠어요, 라이터님. 실망하신 건 알겠는데 지금은 피해야 해요. 어서요!"

내가 그렇게 말했을 때였다. 의자에 누워 있던 핑크가 벌떡 일어나 으르렁거리기 시작했다. 두 눈과 주둥이는 위쪽을 향하고 있었다.

"왔어!"

자주가 외쳤다. 그 순간 위층에서 굉음이 들렸다. 뭔가가 폭발하는 소리였다. 뒤를 이어 무거운 것들이 무너져 내리는 소리도 들렸다. 도서관 전체가 진동했다. 디텍터 군단이 레이저를, 아니 그것보다 더 강한 화력의 무기를 쏘아 대고 있는 듯했다. 이제 위로 빠져나가는 건 불가능한 상황이었다. 다른 수를 써야 했다. 하지만 내 머릿속에 떠오르는 건 이제 끝장이라는 생각뿐이었다.

"안 되겠어, 큐. 비상 시스템을 가동하지."

라이터가 실로 오랜만에 정상적인 말을 했다. 물론 비상 시스템이 무언지 알 수는 없었지만. 큐는 곧장 고개를 끄덕였다.

"잘 생각하셨습니다. 그대로 하겠습니다."

큐는 그 말과 함께 도서관 안쪽으로 달려갔다. 나는 라이터에게 물었다.

"비상 시스템이 뭔가요?"

"도서관을 봉쇄할 거야. 누구도 손대지 못하게."

그 말이 끝나기 무섭게 거대한 기계 장치가 작동하는 것 같은 육중한 소리가 들렸다. 그것도 발밑에서. 심지어 디텍터가 공격했을 때보다 더 심한 진동이 느껴졌다. 지진이라도 난 것 같았다. 자주는 비틀거리기까지 했다. 나는 당황해서 주위를 둘러보다가 흠칫 놀랐다. 높이 솟아서 꿈쩍도 안 할 것 같던 책장이 조금씩 아래로 내려가고 있었다. 도서관보다 더 아래쪽 공간이 있고, 모든 책을 그곳으로 옮기려는 모양이었다. 책장은 빠른 속도로 내려갔다. 처음의 꿍음과 달리 내려가기 시작하면서부터는 소리가 거의 나지 않았다.

"라이터님! 이제 움직여야 합니다."

다시 달려온 큐가 숨을 헐떡이며 말했다.

"알았어. 일단 살고는 봐야지. 자주야, 핑크 챙기거라."

라이터는 의자에서 일어나며 말했다. 자주가 핑크를 안아 들었다. 나는 제목 없는 책을 들었다. 그걸 본 큐가 한마디했다.

"그건 쓸모가 없잖니."

"그래도, 쓸모없는 책이란 없을 것 같아서요."

내가 말하자 라이터는 얼굴을 찡그렸다.

"내용이 없는 건 책이라 부를 수 없어!"

"어쨌든 제가 챙길게요. 무거운 것도 아니고, 방해되지도 않을 거예요."

"맘대로 해."

라이터는 뚱한 표정으로 대답했다. 그러거나 말거나 나는 제목 없는 책을 품에 안았다. 우리가 그러는 사이 책장은 바닥으로 거의 다 내려갔다. 그 빽빽하게 차 있던 도서관이 휑하게 비었다. 큐가 안쪽을 가리키며 말했다.

"이쪽으로."

우리는 큐를 따라 이동했다. 텅 빈 도서관을 절반쯤 지났을 때였다. 천장이 불길하게 진동한다 싶더니 쾅! 하는 소리와 함께 커다란 구멍이 뚫렸다. 디텍터 군단은 지하에 도서관이 있다는 걸 알아냈고, 최단 거리로 진입하려는 듯했다. 내 예상대로 구멍은 점점 더 넓어졌다.

"서둘러야겠어요!"

나는 라이터와 큐를 보며 외쳤다. 하지만 두 사람은 서로 눈빛을 교환하더니 더 달리지 않고 멈춰 섰다. 자주가 놀라서 물었다.

"왜 그러세요?"

"빌어먹을 로봇이 쫓아오는 건 금방일 거다. 그 사이에 이 늙은이 둘이 도망칠 순 없어. 너희 발목만 잡게 되겠지. 그러니 자주와 윤찬, 너희가 가거라. 우리가 미끼 역할을 할 테니. 상층부의 목적은 우릴 제거하는 게 아니라 사로잡는 거니까 죽이진 않을 거야."

"그, 그런……."

나는 말을 잇지 못했다. 라이터의 아이디어보다 더 좋은 생각이 떠오르지 않기 때문이었다.

"자, 제일 구석으로 가면 지하도로 내려가는 계단이 나온단다. 거기까지 뒤도 돌아보지 말고 달려!"

큐도 거들었다. 두 사람 표정은 확고했다. 물러서지도 않고, 흔들리지도 않고, 겁먹지도 않은 것 같았다.

"알겠어요."

자주는 의외로 순순히 받아들였다. 어쩌면 나보다 훨씬 더 냉철하게 사고하는 게 자주일지도 모른다. 나도 한 박자 늦게 대답했다.

"다시 구해 드릴게요, 꼭."

"여기로 돌아온 걸 보면 믿어도 되겠구나."

라이터가 씩 웃으며 말했다.

"자, 서둘러서 가!"

큐의 말에 자주와 나는 움직였다. 잰걸음으로 걷다가 달리기 시작했다. 쾅 소리가 또 들렸다. 아무래도 구멍은 충분히 넓어진 것 같았다. 큐가 말한 계단이 저만치 보였다. 나는 거의 본능적으로 뒤를 힐끔 돌아봤다.

라이터와 에디터 큐는 당당한 자세로 우뚝 서 있었다.

세계의 비밀

계단을 내려가니 아주 무겁고 두꺼운 철문이 나왔다. 우리는 가까스로 그걸 열고 지하도 안으로 들어갔다.

지하도에서는 오래된 곰팡내와 퀴퀴한 악취가 맴돌고 있었다. 그냥 지하가 아니라 하수도를 따라가는 길이었다. 냄새는 그 오염된 물에서 올라오는 것 같았다. 공기가 서늘했다. 물은 제법 빠른 속도로 흘러갔고, 넘칠 듯 찰랑거렸다. 아마 폭우가 자주 내려서 하수도의 수량도 풍부하지 싶었다. 자주와 나, 누구도 어둠을 밝힐 도구가 없었지만 다행히 지하도 천장에는 일정한 간격으로 조명이 달려 있었다. 물론 밝지는 않았다. 오렌지색 조명이었고, 겨우 어둠을 조금 밀어내는 정도였다. 그래도 없는 것보다는 훨씬 나았다. 그 불빛을 발판 삼아 빠르게 걸음을 옮겼다.

"끝까지 가면 뭐가 나올까?"

자주를 향해 물었지만 돌아온 대답은 "글쎄"였다. 하긴, 나라도 그렇게 대답했을 것이다.

"우리의 목적지를 정해야 해."

나는 다시 말했다. 이대로 영원히 지하도를 떠돌 수는 없었다. 엄마도 걱정이었다. 라이터였던 우리 엄마.

"이 길을 따라가면 목적지에 가게 될 거야."

자주는 알 수 없는 말을 했다.

"그게 무슨 소리야? 뭘 본 거야?"

"아니, 이번에는 예감. 내 예감은 잘 맞을 때가 많아."

우리의 대화는 지하도 천장에 부딪혀 웅웅 울렸다.

"좋아. 그러면 다음 계단이 나오는 데서 위로 올라가자. 어때?"

내 제안에 자주는 고개를 끄덕였다. 우리는 다시 묵묵히 걸었다. 시궁쥐 몇 마리가 돌아다녔다. 나는 얼굴을 찡그렸지만 자주는 아무렇지도 않은 듯했다. 핑크는 자주의 품 안에서 또 꾸벅꾸벅 졸고 있었다.

"난 이런 환경에 익숙해."

문득, 자주가 말했다.

"이런 환경이라면, 지하?"

내가 묻자 자주는 고개를 끄덕했다.

"반란군 아지트가 지하에 있거든. 그래서 상층부의 감시에서 벗어날 수 있는 거야. 거기 사람들, 그중에서도 나랑 한편이었던 반란군들은 제목 없는 책에만 희망을 걸고 있었는데……."

자주는 말끝을 흐렸다. 자주는 나보다도, 그리고 라이터보다도 훨씬 실망이 크리라. 나는 안고 있던 제목 없는 책을 새삼 내려다보았다. 겉으로 보기에는 큰 비밀을 감추고 있는 듯했다. 이 책에는 왜 아무것도 적혀 있지 않을까? 이토록 정성스럽게 만들어 놓고 페이지를 비워둔 이유는 뭘까? 나는 그런 의문이 계속 떠올랐다.

"어쩌면 말이야, 이건 가짜가 아닐까? 그러니까 진짜 제목 없는 책은 따로 있는 거지."

내 생각을 조심스레 말했다. 자주의 표정은 어두웠다. 만약 이 책이 가짜라면 우리는, 특히 자주는 엄청나게 헛수고를 한 것이다. 게다가 금도 잃었다. 그건 내가 가지게 되었고.

"가짜라고는 생각 못 했어. 왜냐하면 내가 바로 이 책을 들고서 환하게 웃는 모습을 봤거든. 그건 분명히 미래였어. 그리고 그 옆에는 네가 있었고. 물론 너도 환하게 웃고 있었어."

자주는 나를 가리켰다.

"아! 그때 네가 하려던 얘기가 이거였구나. 그리고 네가 본 건 꼭 이루어지는 거지?"

"응. 봤던 건 꼭."

단호하게 말하는 자주를 보며 나는 이상하다고 생각했다. 모든 게 이 책에 답이 있다고 말하고 있었다. 그런데 정작 책은 답을 주지 않는다.

계속 고민하며 걷는 사이 어느새 위로 향하는 계단이 나왔다. 자주가 그걸 먼저 발견하고 발걸음을 멈췄다. 나도 자주 옆에 섰다. 계단은 꽤 가파르고 길었다. 이 계단은 지상의 어디와 연결된 걸까? 당장 알 수는 없어도 이 위가 자주가 말한 우리의 목적지가 되면 좋겠다고 나는 진심으로 바랐다.

"올라갈까?"

내가 물었고, 자주가 대답했다.

"응."

먼저 내가 계단을 올랐다. 워낙 좁고 가팔라서 한 손으로 벽을 짚으며 오를 수밖에 없었다. 계단에는 조명이 없었다. 올라갈수록 점점 더 어두워졌다. 마치 별도 달도 사라진 밤하늘로 향하는 것 같았다. 발을 헛디딜까 봐 조심스러웠다. 한 계단, 한 계단 신중하게 밟았다. 자연스레 우리의 오르는 속도는 조금씩 느려졌다. 앞이 아예 안 보이는 구간으로 접어들었다. 짙은 암흑이었다. 내 발도, 내 손도 보이지 않을 정도였다. 시력은 아무 소용이 없었다. 모든 감각을 손과 발에 집중했다. 자주에게 조심하라고 말하려다가 그만뒀다. 쓸데없는 참견이었다. 자주는 나보다 훨씬 신중하게 움직일 테니까.

영원처럼 느껴지는 시간이 흘렀고, 슬슬 다리가 아프기 시작할 때쯤 저만치 위에서 희미한 불빛이 보였다. 직사각형 테두리만 빛나는 거로 봐서 문틈을 통해 빛이 새어 나오는 것 같았다.

"됐어. 다 왔어."

나는 안도하며 말했다. 계단이 끝나지 않을 거라는 막연한 공포가 슬금슬금 피어오를 무렵이었다.

"응. 보여."

자주는 평온한 목소리로 말했다. 아니, 정확히는 힘없은 목소리였다. 그게 긴 계단을 올라왔기 때문만은 아니라는 건 잘 알고 있었다. 아마 실망감이 클 것이다. 제목 없는 책은 아무런 도움이 안 됐고, 설상가상 라이터까지 잡히고 말았다. 이제 믿을 건 자기가 본 그 미래 모습뿐이리라. 자주는 내가 함께 웃고 있었다고 말했다. 꼭 그랬으면 좋겠다고 나는 생각했다.

문에 다다랐다. 먼저 귀를 대 봤다. 딱히 소리가 들리진 않았다. 건너편에 불이 환하게 켜져 있다는 사실만으로도 어서 들어가고 싶었지만 조심할 필요는 있었다. 나는 고개를 돌려 자주와 눈을 마주쳤다. '열어도 돼.' 자주의 눈은 그렇게 말하고 있었다. 나는 긴장한 마음을 달래며 문에 손을 가져다 댔다. 그러고는 힘을 줘서 밀었다. 문은 소리도 없이 스르르 열렸다.

새하얀 공간이 드러나 보였다. 나와 자주는 차례로 문안으로 들어갔다. 역시 밝았다. 벽도, 천장도 모두 흰색이었다. 나는 상황을 파악하려고 재빨리 두리번거렸다. 우리가 서 있는 곳은 복도 끝인 것 같았다. 한없이 길게 이어진 복도 양쪽 벽으로 수많은 문이 달려 있었다. 그중 우리가 열고 나온 문에는 '비상구'라는 표지판이 붙어 있었다.

"여기가 어딜까?"

혼잣말로 중얼거렸다. 자주의 대답을 기다린 건 아니었다. 모르는 건 서로 마찬가지니까.

"제대로 왔다는 느낌이 들어. 동시에 조심해야 한다는 느낌도 들고."

자주가 옆에서 속삭였다. 제대로 왔다면 더 망설일 필요가 없었다. 물론 조심해야 하지만. 나는 말했다.

"그러면 일단 둘러보자."

"좋아."

우리는 복도를 걷기 시작했다. 양쪽 벽의 많은 문에는 숫자만 적혀 있었다. 창문도 없었다. 매끈한 흰색 철문일 뿐이었다. 이곳의 정체를 유추할 만한 건 아무것도 보이지 않았다. 너무나 깨끗하고 반듯했기에 살짝 소름이 돋을 정도였다. 핑크는 어느새 일어나 열심히 고개를 돌리고 있었다. 동그란 눈에 호기심의 빛이 떠올라 있었다.

철컹.

소리가 들린 건 바로 그때였다. 내가 핑크를 보다가 다시 정면으로 시선을 향했을 때 복도의 끝, 모퉁이 저편에서 들린 그 소리는 어딘가 귀에 익었다.

철컹, 철컹, 철컹, 철컹.

철로 된 무거운 무언가가 걸음을 옮기는 듯한 그 소리.

"디텍터야!"

나보다 자주가 먼저 눈치챘다. 그랬다. 저 둔탁한 발소리는 디텍터가 움직일 때마다 들렸다. 그렇다는 건 모퉁이 너머에 그 끔찍한 로봇이 있다는 뜻이었다. 철컹 소리가 점점 가까워졌다.

"이쪽으로 오고 있어!"

하지만 숨을 곳이 없었다. 비상구로 되돌아가기에도 늦었다. 나는 재빨리 머리를 굴렸다. 바로 옆에 있는 문을 슬쩍 옆으로 밀어 봤다. 숫자 '7'이 적힌 방이었다. 밀렸다. 틈새로 엿본 방 안은 복도와는 달리 무척 어두웠다. 지금은 그걸 가릴 처지가 아니었다. 자주의 어깨를 살짝 쳤다. 뒤를 돌아본 자주는 바로 상황을 이해했다. 나는 문을 좀 더 밀었고, 자주가 먼저 들어가게 했다. 그런 뒤 나도 잽싸게 안으로 들어가 문을 닫았다. 최대한 소리를 죽이며.

우리는 어둠 속에서 가만히 서 있었다.

철컹, 철컹.

디텍터의 발소리는 가까워졌다가 다시 조금씩 멀어졌다. 로봇이 갑자기 문을 열면 어떻게 할까, 마음 졸였는데 그런 일은 없었다. 나는 복도 쪽으로 가만히 귀를 기울이는 한편 머릿속으로는 계속 생각했다. 결국 결론을 내렸다.

"여기가 어딘지 알 것 같아."

나는 자주를 향해 속삭였다.

"어디야?"

"이상연구소 본부야."

"아!"

"너도 알지? 연구소 본부가 S-0, 그러니까 서울에 있다는 거. 우린 지하를 통해 여기로 오게 된 거야. 생각해 봐. 하층부에서 디텍터가 지킬 정도로 중요한 건물이 뭐가 있겠어?"

내가 생각해도 머리가 팽팽 돌아갔다. 지상으로는 멀리 떨어져 있어도 지하라면 이야기가 달라진다. 라이터는 이런 사실을 알았던 걸까? 알기에 혹시 우리를 이곳으로 보낸 게 아닐까? 내가 머리를 굴려 가며 다른 생각에 빠져 있을 때 자주는 움찔하며 방 안쪽으로 고개를 돌렸다. 그러더니 물었다.

"못 들었어?"

"뭐가?"

그때였다. 찰칵하며 문 잠기는 소리가 들렸다. 나는 황급히 밀어 봤지만 이번에는 꿈쩍도 하지 않았다. 다음 순간 방에 불이 들어왔다. 강렬한 빛이 갑자기 쏟아지자 눈을 뜰 수 없었다. 반사적으로 눈을 감은 후 몇 번 끔뻑거렸다. 빛의 잔상이 눈꺼

풀 안에서 형형색색 무지개를 만들어 냈다.

"함정이야."

자주의 그 말에 실눈을 뜨고 주위를 봤다. 흰색 바닥, 흰색 벽, 흰색 천장, 그리고 크고 투명한 유리 창문.

"저기!"

창문을 보자 나도 모르게 그 말이 튀어나왔다. 창문 너머, 그러니까 우리가 선 공간 건너편 어딘가에 흰 가운 입은 사람이 여럿 서 있었다. 젊은 사람도, 늙은 사람도, 여자와 남자도 섞여 있었다. 공통점이라면 모두 흥미로운 표정으로 우리를 보고 있다는 사실이었다. 나는 창문으로 다가갔다.

"내보내 줘!"

내가 말했지만 누구 하나 대답하지 않았다. 그저 지켜볼 뿐이었다.

"내보내 달라고!"

창문을 때렸다. 텅! 소리만 울릴 뿐 창문에는 실금조차 가지 않았다. 그때 제일 중앙에 서 있던 늙수그레한 남자가 빨간 버튼 같은 걸 누르더니 말했다. 아무래도 그게 스피커를 켜는 모양이었다. 남자 목소리가 방 안에 울려 퍼졌다.

"딜리버 윤찬과 반란군 자주. 맞나?"

"알고 있는 걸 왜 물어?"

난 짜증이 올라오는 걸 참으며 되물었다. 놈들에게 놀아나 보기 좋게 함정에 빠진 것도 짜증 났고, 어쩔 수 없는 상황에 놓인 것도 짜증 났다. 저 연구원들은 나와 자주가 올 거라는 사실을 어떻게 알았을까? 내가 의문을 품은 것도 잠시, 나이 많은 남자가 마음을 읽었다는 듯 바로 이야기했다.

"리더님 예언대로 됐군. 그분이 그러셨지. 두 아이가 제목 없는 책을 들고 이곳으로 올 거라고. 물론 이 방으로 온다는 건 우리도 몰랐지만, 어쨌든 찾아냈어. 라이터와 에디터도 체포했으니 모든 게 잘 해결되겠군. 너희에게서 제목 없는 책만 순순히 넘겨받는다면."

"제목 없는 책은……."

내가 말하려는데 자주가 슬쩍 옆구리를 찔렀다. 나는 하던 말을 멈췄다. 자주의 판단이 옳았다. 이 책이 아무런 소용 없는 종이 뭉치일 뿐이라는 걸 굳이 알려 줄 필요는 없었다.

"우리 안전을 보장해. 그러면 제목 없는 책을 넘길게."

자주가 호기롭게 외쳤다. 연구원은 표정 하나 변하지 않고 말했다.

"곧 리더님이 오실 거다. 처분은 그분이 알아서 하실 거야."

연구원은 그 말을 끝으로 자기가 있는 공간의 조명을 꺼버렸다. 순식간에 암흑의 장막이 내려앉았고 건너편은 아무것도 보이지 않는 상태가 됐다. 놀란 표정의 나와 자주 얼굴이 똑똑히 비칠 뿐이었다.

"리더가 왜 오는 걸까?"

"전혀 모르겠어. 내가 본 미래에는 이런 장면이 없었어."

나와 자주가 그런 대화를 나누는 사이, 이상한 일이 벌어졌다. 문 아래쪽 틈으로 길쭉한 그림자 하나가 들어왔다. 처음에는 밖에서 누가 우리를 감시 중이구나 싶었는데 그게 아니었다. 그림자가 뚝 떨어지더니 안으로 쑥 들어왔다. 자주와 나는 흠칫 놀라 뒤로 물러났다. 그림자는 점점 몸을 키워가더니 곧 우리 정도 되는 키로 자라났다. 물론 형체는 또렷하지 않고 그저 까만색 덩어리일 뿐이었다. 하지만 그 덩어리의 얼굴 부분이라고 생각되는 곳에 입 모양이 생겼을 때는 그야말로 팔뚝에 소름이 쫙 돋았다.

"너희 둘, 찾느라 고생 좀 했네."

그림자가 말했다.

"너, 너는 정체가 뭐야?"

놀라서 말이 제대로 나오지 않았다. 간신히 물었는데 돌아온 대답은 너무나 간단했다.

"섀도."

그 말을 듣는 순간 나는 자주를 끌고 방구석으로 피했다. 섀도와 최대한 거리를 두고 싶었다. 그것이 의미 있는 일인지는 모르겠지만.

"가까이 오지 마."

나는 새도를 향해 경고했다. 물론, 그것 역시 의미 있는 일인
지는 확신할 수 없었다. 새도는 웃었다. 적어도 입 모양으로는
그렇게 보였다.

"나도 알아. 내 소문이 어떻게 났는지. 그럼 너희도 잡아먹어
볼까?"

새도는 입을 크게 벌렸다. 나는 숨을 참으며 주먹을 휘두를
준비를 했고, 자주는 아마도 염력을 쓰려는 것 같았다. 그 순
간······.

"농담이야. 흐흐."

싱거운 한마디와 함께 새도는 입을 작게 만들었다. 종잡을 수
없는 그 행동에 안심이 되기는커녕 불안감만 더 커졌다.

"도대체 왜 이러는 거야?"

내가 묻자 새도는 빙긋 웃었다. 어쨌든 웃는 것처럼 보이기는
했다. 이랬다저랬다 하는 모습은 꼭 아이 같았다. 실제 목소리
도 그랬고. 아무튼 누군가를 잡아먹을 것처럼 보이지는 않았다.
그래도 완전히 마음을 놓을 수는 없었다.

"난 너희를 도우려는 거야. 그러니 날 믿고 따라와 줘. 그리고
복수해 줘. 이상연구소, 아니 크리에이터에게."

"크리에이터는 누구야?"

이번에는 자주가 물었다. 새도는 문으로 다가가며 말했다.

"이 세계를 만든 사람. 그러니까 이 소설을 쓴 사람이야."

새도는 잠긴 문을 쉽게 열었다. 우린 복도로 다시 나갔다. 나는 방금 들은 새도의 말이 무슨 뜻인지 헤아리느라 머릿속이 복잡했다. 이 소설을 쓴 사람이라니, 도대체 무슨 뜻일까? 힐끔 자주를 봤다. 자주 역시 여러 감정이 교차하는 얼굴이었다. 나는 결국 물을 수밖에 없었다.

"방금 네가 한 말은 무슨 뜻이야?"

"스포일러를 원하는 거야?"

새도는 엉뚱한 말로 되물었다.

"스포일러가 뭐야?"

"결말 말이지. 이 소설의 결말은 항상 리더가 승리하는 거야. 그러니 너도, 그리고 자주도 실패할 수밖에 없다는 게 결정적인 스포일러야."

"그런 건 누가 정해? 우린 실패 안 해!"

자주의 말에 새도는 피식 웃었다.

"그런 걸 정한 사람이 바로 크리에이터지. 그러니 너흰 꼭 그 영감을 만나야 해. 그래야 승산이 있어."

"도무지 무슨 말인지 모르겠어."

"여기로."

새도는 내 말을 무시한 채 우리를 복도 끝으로 안내했다. 디텍터가 모퉁이를 돌아서 왔던 곳이었다. 다행히 지금은 그 발소리가 들리지 않았다. 제일 마지막 방의 문은 양쪽으로 여는 구조였다. 손잡이까지 달려 있었다. 섀도가 손잡이를 돌려 문을 열자 위로 향하는 계단이 보였다. 거길 따라 올라갔다. 도망치는 건 좋지만 목적지는 알고 싶었다. 나는 물었다.

"어디로 가는 거야?"

섀도도 이번에는 제대로 된 대답을 해 주었다. 물론 이해하긴 힘들었지만.

"너희, 이 세상의 비밀을 알고 싶지 않아? 우리가 가는 곳에 바로 그 비밀이 있어. 그리고 거긴 안전할 거야."

나는 자주와 눈을 마주쳤다. 자주도 확신은 없는 눈빛이었다. 그렇다고 대안이 있는 건 아니었다. 한 가지 방법이라면 복도 반대편까지 달려서 다시 비상구로 나가 지하로 내려가는 게 있지만, 그런 식으로 도망치고 싶지 않다는 게 솔직한 심정이었다. 그건 자주도 마찬가지일 거라고 생각했다.

한동안 묵묵히 계단을 올랐다. 종일 계단만 왔다 갔다 하는 기분이었다. 그게 사실이기도 했고.

드디어 문이 나왔다. 그건 다른 것과 달리 새까만 색이었다. 새하얀 배경에 검은색 문이라니, 유독 튀어 보였다. 거기가 우리의 목적지라는 건 자연스레 알 수 있었다. 섀도는 그 문을 열면서 다시 말했다.

"지워진 이야기에 온 걸 환영해."

안으로 들어간 순간 나는 깜짝 놀랐다. 자주도 놀라서 내 팔을 꽉 움켜쥐었다. 드넓은 그 공간 안에는 섀도가 수십 명쯤 더 있었다. 키가 조금 크거나 작은 걸 빼고는 그림자처럼 보인다는 건 똑같았다. 그들은 자주와 나를 보자 너도나도 한마디씩 했다.

"반가워."

"너희가 바로 그 아이들이구나."

"잘 부탁해."

"꼭 이겨 줘."

나는 멍해지는 정신을 간신히 부여잡고 섀도, 그러니까 우릴 데려온 섀도에게 물었다.

"저, 전부 같은 섀도야?"

"응. 섀도인 건 같지만, 인간이었을 때는 다 다른 아이였어. 너희 둘처럼."

"맞아, 우리도 아이였어."

"귀여운 아이."

"하지만 이렇게 변했지."

"상상력이 있다는 이유로."

"우리 모두 똑같아."

쏟아지는 섀도들의 이야기에 나는 더 정신을 차릴 수 없었다. 가만두면 쉴 새 없이 떠들 것 같았다. 다행히 그걸 막은 건 자주였다.

"잠깐! 상상력 때문에 이렇게 된 거라고? 그게 무슨 뜻이야?"

이젠 누가 누구인지도 알아볼 수 없게 된 새도 중 한 명이 말했다.

"상상력이 뛰어난 하층부 아이들을 뽑았어. 우리 모두 그때 선발됐고, 다들 상층부로 올라간다고 생각했지. 하지만 아니었어. 이곳, 이상연구소 본부로 끌려와 모든 생각을 제거당하고 이렇게 그림자만 남게 됐지. 물론 덕분에 그림자가 생기는 곳이라면 어디든 돌아다닐 수 있게 됐어. 연구원들은 모르는 사실이지만."

이번에는 내가 물을 차례였다.

"이유는? 이렇게 끔찍한 짓을 한 이유가 있을 거 아니야?"

"우리 설명을 듣기보다 직접 봐. 바로 여기에 비밀 통로가 있거든."

"비밀 통로……."

나는 새도가 가리킨 사각형의 좁은 문을 올려다봤다. 아무래도 환풍구 같은데 성인은 절대로 지나가지 못할 폭이었다. 거길 가로막은 철제 창살은 이미 제거된 상태였다.

"여길 지나면 뭐가 나와?"

자주가 물었다.

"빈 페이지. 가 봐. 가서 봐야 알 수 있어."

새도는 여전히 알 수 없는 말을 했다. 갈 것인지 말 것인지는 우리가 선택할 문제였다. 자주는 아마 가겠지. 자기가 본 미래 속에 이런 것도 포함되었다고 생각할 테니. 나는…….

"가자. 가 보자."

자주를 향해 그렇게 말했다. 내게는 선택할 권리와 의지가 있었다. 그렇다면 적극적으로 문제를 푸는 쪽으로 그 의지를 사용하고 싶었다.

우린 새도들의 도움을 받아 통로로 올라갔다. 내가 먼저 들어갔고, 자주가 뒤를 이었다. 천장이 너무 낮아 기어갈 수밖에 없었다. 역시나 통로 안은 컴컴했지만 환풍구 바닥에서 올라오는 불빛 덕분에 사물을 알아볼 수는 있었다.

"길을 따라 끝까지 가면 돼. 그리고 끝이라고 생각한 지점에서 한 발 더 들어가 봐."

우리가 출발하기 직전, 새도가 말했다. 아무래도 그가 우릴 구해 준 새도인 것 같았다. 다른 새도들도 인사를 건넸다.

"고마워."

"잘 부탁해."

그 말까지 듣고 나는 기기 시작했다. 한 손에는 책을 들고, 나머지 손만 사용해서 기어가는 건 여간 어려운 일이 아니었다. 다행히 자주는 두 손을 사용하고 있었다. 핑크가 저 혼자 아장아장 걸으며 우리를 따라왔다. 환풍구의 각 구간을 이동하면서 알게 된 건 바로 밑이 실험실이라는 사실이었다. 창살 아래로 내려다보이는 실험실에는 연구원 복장을 한 이들이 여럿 돌아다녔다. 어떤 곳에선 개, 고양이, 너구리 같은 동물을 가지고 실험 중이었고 또 어떤 곳에선 디텍터와 비슷한 로봇을 만들고 있었다.

충격을 받은 것은 비교적 어두운 실험실이 나왔을 때였다. 거기서 올라오는 빛은 다른 곳보다 적었다. 즉, 그다지 밝지 않은 장소라는 뜻이었다. 그 위를 지나는데 느닷없이 괴성이 들렸다. 몸이 저절로 움찔할 정도로 끔찍한 소리였다. 들킬 리가 없다는 걸 아는데도 한동안은 섣불리 움직이지 못했다. 마치 머리 위에 우리가 있다는 걸 알아챈 괴물이 마구 소리 지르는 것 같았기 때문이었다. 보이지는 않았지만 나는 왠지 괴성의 주인공이 체이서일 거라고 생각했다. 그 소리에는 증오와 분노가 고스란히 들어 있었다.

"조심하자."

자주를 향해 낮게 속삭인 뒤 다시 움직였다. 그 후로도 팔다리가 덜덜 떨릴 만큼 오래 기어가야 했다. 그러는 동안 사이렌이 울렸다. 환풍구 안에서도 똑똑히 들릴 만큼 큰 소리였다. 아마 우리가 도망쳤다는 걸 안 모양이었다.

"서둘러야겠어."

자주가 말했다. 우리는 최선을 다해 더 빠르게 기었다. 좀처럼 '끝'이 나오지 않았다. 모퉁이도 좌우로 몇 번이나 돌았다. 처음에는 머릿속으로 길을 그려 봤는데 결국 포기했다. 거의 미로를 돌아다니는 것 같았다. 그것도 기어서.

한동안 빛이 보이지 않았다. 아래로 뚫린 환풍구가 끝났다는 의미였다. 실험실이 더는 없는 건가, 하고 생각하며 오른쪽으로 돌았을 때였다. 막다른 길이 나왔다.

"어?"

"아!"

나와 자주는 동시에 소리를 냈다. 우리는 서둘러 기어갔다. 그쯤부터는 빛이 거의 사라져 무척 어두웠지만 그랬기에 오히려 바깥에서 새어 들어오는 빛이 더 잘 보였다. 그 빛은 길쭉한 직사각형 테두리를 만들고 있었다. 벽이라고 생각했던 곳이 사실은 문이었다. 나는 바짝 다가가 벽을, 아니 문을 밀었다. 문은 마치 기다리고 있었다는 듯 부드럽게 열렸다. 우리는 문을 통과해 밖으로 나갔다. 아무것도 없는 텅 비고 드넓은 공간이 거기 있었다. 나는 일어나 허리부터 폈다. 우두둑 소리가 났다.

"으아. 아파."

허리를 두드리며 주위를 둘러봤다. 먼저 바닥부터 살폈다. 흰색이었다. 금속도 아니고 돌도 아니었지만 매끈하고 딱딱했다. 하늘은 까마득하게 높았는데 역시 흰색이었고 벽은 아예 보이지 않았다. 적어도 내 시야가 닿는 곳에는 흰색 공간 말고는 아무것도 없었다. 뒤를 돌아봤다. 우리가 방금 빠져나온 환풍구

문도 사라져 버렸다. 내가 그 사실을 말하려고 하자 자주가 먼저 입을 열었다.

"여기야. 우리가 왔어야 했던 곳. 그런 느낌이 들어."

"하지만 여긴 아무것도 없잖아. 빈 페이지? 그게 뭘까?"

내가 던진 질문을 들으며 자주는 한 발 앞으로 나갔다. 그때였다. 검은색 장막이 앞을 가로막았다. 왼쪽에서 오른쪽으로 끝도 없이 길게 쭉 늘어선 장막은 하늘 위로도 꼼꼼하게 채워지고 있었다. 자주도, 그리고 뒤에 선 나도 놀라서 물러났다. 우리 앞을 막아선 장대한 장막은 너무나 까매서 오히려 끝도 없이 깊어 보였다. 보고 있자면 정신을 잃고 빨려 들어갈 것만 같았다. 현기증이 일었다. 순간 내가 선 곳이 위인지, 아래인지 가늠이 안 될 정도였다.

"이곳이 세상의 끝인 것 같아."

자주가 조용히 중얼거렸다. 순간 나는 섀도가 했던 말을 떠올렸다. '끝이라고 생각한 지점에서 한 발 더 들어가 봐.' 설마 여길 말했던 걸까?

우리가 한참 고민 중일 때 핑크가 낑낑거리기 시작했다. 아래를 내려다보니 핑크는 뭔가를 입에 물고 있었다.

"핑크, 뭐야?"

나는 핑크를 안아 올렸다. 자주도 핑크를 돌아봤다. 핑크는 까만색의 꽤 커다란 동그라미를 물고 있었다. 도대체 이게 어디서 난 건가 싶었다. 무엇보다 어디에 쓰이는 건지 감을 잡을 수 없었다. 까맣게 칠해 놓은 동그라미. 어쨌든 핑크 입에서 그걸 빼내 손에 들었다. 순간 머릿속에 어떤 단어가 떠올랐다.

'마침표'. 마침표가 뭐지? 내가 어리둥절해하는 사이 자주는 장막 앞으로 다시 다가갔다. 그러더니 가만히 손을 뻗었다. 나는 놀라서 소리쳤다.

"야! 어쩌려고?"

"잠깐만."

그렇게 말한 자주가 장막을 건드리자 마치 수면처럼 파동을 일으켰다. 자주의 손가락 한 마디 정도가 안으로 쏙 들어갔다. '괜찮아?' 내가 눈짓으로 묻자, 자주는 고개를 끄덕였다. 평온한 표정이었다. 그렇다면 하고서 나도 손을 뻗었다. 섀도의 말이 바로 이 지점을 뜻하는 거라면 한 발 더 들어가는 게 맞았다. 물론 그러자면 용기가 필요했다. 내 손은 아무런 저항감 없이 검은 장막을 통과했다. 딱히 느낌은 없었다. 아프지도 않고, 차갑거나 뜨겁지도 않았다. 하지만 바로 그 어둠의 건너편에서 전혀 예상치 못한 존재가 튀어나왔다.

끄아아!

끔찍한 소리와 함께 불쑥 모습을 드러낸 건 체이서였다. 나는 반사적으로 자주의 어깨를 당기며 뒤로 물러났다. 체이서가 휘두른 손이 방금까지 우리 얼굴이 있던 허공을 할퀴었다.

"어떡하지?"

여기서 체이서가 튀어나오리라곤 생각도 못 했기에 자주의 그 질문에는 마땅히 답을 내놓을 수 없었다. 이제 아이템은 다 써 버렸다. 부메랑도 없었다. 있다고 한들 저 괴물에게는 통하지도 않으리라. 체이서가 지키고 있기에 이곳이 더 중요하다는 생각이 들었다. 그러거나 말거나 저 괴물을 제압하지 못하면 비밀을 밝히기는커녕 우린 비참하게 죽을 운명이었다.

끄아아!

체이서가 다시 한번 포효하며 한 발 더 다가왔다. 놈은 우리를 쫓아왔던 체이서보다 더 컸다. 크고 작은 상처가 가로지른 얼굴은 조류와 인간을 반쯤 섞어 놓은 것 같았다. 체이서는 날카로운 창을 끄집어냈다. 그러고는 붕붕 휘둘렀다. 자주와 나, 둘 중 한 명에게 던지려는 게 틀림없었다. 바로 그 순간이었다.

컹컹!

핑크가 짖었다. 아니, 핑크였던 강아지가 늑대보다 더 커져서 이빨을 잔뜩 드러낸 채 짖고 있었다. 맹렬히 짖어 대는 핑크는 체이서에게 전혀 밀리지 않았다.

"핑크?"

내가 이름을 부르자 핑크는 슬쩍 보더니 곧장 체이서에게 달려들었다. 핑크의 눈부시게 하얀 털과 체이서의 검은 옷은 강렬한 대비를 이뤘다.

저게 핑크의 본모습일까? 문득 그런 생각이 들었다. 지금껏 작고 귀여운 강아지로 있었지만 유전자 조작을 했다면 핑크는 사실 괴물일지도 모른다. 착한 괴물. 우리를 위해 기꺼이 싸워주는.

핑크는 체이서와 팽팽하게 맞섰다. 체이서가 창을 휘두르면 그걸 피한 뒤 팔이나 다리를 물고 늘어졌다. 그러고는 다시 뒤로 물러나 공격할 틈을 노렸다. 체이서는 핑크의 빠른 동작을 따라가지 못했다. 그 모습을 보고 있던 자주가 말했다.

"지금이야. 핑크는 우리를 위해 시간을 벌고 있어. 빨리 들어가야 해."

나는 고개를 끄덕였다. 맞는 말이었다. 핑크가 힘을 내주길 바라며 나는 검은 장막 앞에 섰다. 찰나였지만 자주 얼굴에 긴장한 빛이 스치고 지나갔다. 나도 마찬가지였다. 우리는 자연스레 손을 맞잡았다. 자주는 숨을 한 번 가다듬고, 나는 제목 없는 책을 안은 채, 그리고 서로의 손을 꽉 잡은 채 우리는 장막 안으로 한 발을 내디뎠다.

한동안은 검은 공간만 계속됐다. 이대로 영원히 이곳에 갇히는 게 아닌가 조바심이 날 즈음 풍경이 바뀌었다. 그것도 아주 극적으로.

일단, 하늘에는 무지개가 걸려 있었다. 하늘빛은 맑고 푸르렀으며 구름은 조각상처럼 갖가지 모양을 한 채 떠 있었다. 그 아래에는 초록빛 나무와 각종 풀, 그리고 꽃이 가득한 들판이 펼쳐져 있었다. 온 세상이 알록달록했다. 심지어 언덕에서 내려와 우리 바로 앞을 가로지르는 실개천은 노란색이었다. 이런 세상은 본 적이 없었다.

"이, 이게 뭐야?"

내가 감탄하는 사이 자주는 눈치 빠르게 이상한 점을 찾아냈다.

"바람이 안 불어. 구름이 그대로야."

그러고 보니 조각구름은 하늘에 딱 멈춰 있었다. 나뭇가지나 잎도 전혀 흔들리지 않았다. 살아 있지만 살아 있지 않은 세계, 그렇게 생각하자 약간 섬뜩했다. 저음의 부드러운 목소리가 들려온 건 바로 그때였다.

"반갑구나."

우리는 놀라서 옆을 돌아봤다. 무척 나이 들어 보이는 노인이 저만치 바위 위에 앉아 있었다. 비록 허리는 굽고 머리카락은 백발이었지만 목소리에는 힘이 있었다. 노인이 다시 말했다.

"여기로 와 주겠니? 보다시피 나는 너무 늙어서 말이야."

나와 자주는 눈빛을 교환했다. 노인이 위험한 인물일지 몰라도 일단은 가야 했다. 그래야 뭔가라도 묻고 그 대답을 들을 수 있을 것 같았다. 이런 공간에 홀로 앉아 있는 사람이니 분명 보통 존재는 아닐 것이다.

우리는 노란색 실개천을 건너 노인에게로 다가갔다. 그러고는 인사했다.

"안녕하세요? 저는 윤찬입니다."

"저는 자주라고 해요."

"둘 다 잘 알지. 알고말고."

노인은 고개를 끄덕끄덕하며 웃었다.

"저희를 어떻게 아시는 거죠?"

내 질문에 노인은 희미한 미소를 지으며 답했다.

"나는 크리에이터거든."

"네?"

나도 모르게 목소리가 커졌다. 자주도 놀란 듯했다. 섀도가 말하지 않았던가. 이 세계를 만든 사람이 크리에이터고, 그에게 복수해 달라고. 그걸 들은 나는 무시무시하고 강대한 인물을 떠올렸다. 리더보다도 더 강한 인물이 아닐까, 막연히 그런 생각까지 했다. 이 세계를 만들었다니 그럴 수밖에. 하지만 눈앞의 노인은 아무리 봐도 그냥 할아버지였다. 사악한 기운은 조금도 느껴지지 않았다. 웃는 얼굴에는 선한 빛이, 그리고 눈동자에는 호기심이 서려 있을 뿐이었다.

"증거가 있어요?"

자주가 차가운 목소리로 물었다. 그 순간이었다. 바람이 불기 시작했다. 구름이 흘러갔고, 나뭇잎이 나부꼈으며 우리 머리카락이 나풀거렸다.

"할아버지가 한 거예요?"

내 질문에 크리에이터는 다시 미소 지었다.

"뭐, 아무리 힘을 뺏겨도 이 정도는 할 수 있지. 여긴 어쨌든 '작가의 말'이라 불리는 나만의 공간이란다."

우리가 어리둥절한 표정을 짓자 크리에이터는 잠시 당황하더니 이내 다시 말했다.

"쟤도, 그 아이들이 자세한 설명을 안 했나 보군. 하여간 짓궂은 건 여전하다니까. 분명히 이렇게 말했겠지? 크리에이터에게 복수해 달라고."

"네, 맞아요. 그리고 할아버지가 이 세계를 만들고, 음······ 이 소설을 썼다고도 했어요."

내 말에 크리에이터는 바로 반응했다.

"그건 맞는 말이야. 이 세계는 내가 쓴 소설 《바빌론》 속이야. 그러니까 너희도 실은 다 내가 만들어 낸 캐릭터야. 무슨 말인지 알겠니?"

무슨 말인지 알 것 같을 리가! 순식간에 수많은 의문과 생각이 해일처럼 밀려왔다. 크리에이터, 바빌론, 소설, 캐릭터. 갖가지 단어 하나하나가 더없이 높은 파도가 되어 내 좁은 머릿속을 가득 채웠다. 덕분에 머리가 터질 것 같았다. 자주 역시 충격받은 표정이었다. 그래도 질문을 던지기는 했다. 그것도 올바른 방향의 질문이었다.

"그러면, 우리가 사는 이곳이 이야기 속이란 거예요?"

"그렇지. 바로 그거란다. 조금 더 자세히 설명해 줄 테니 앉거라. 서서 들으면 힘들 거야."

크리에이터는 자기가 앉은 곳 맞은편의 바위 두 개를 가리키며 말했다. 마치 의자처럼 생긴 그 바위들은 우리를 기다리고 있었던 것처럼 보였다. 자주와 나는 차례로 바위에 앉았다. 가까이서 마주한 크리에이터는 더 노인 같았다. 얼굴에는 굵은 주름이 지나고 있었고 뺨은 움푹 꺼져 힘없어 보였다. 어쩌면 라이터보다도 훨씬 나이가 많을지 모르겠다고 생각했다.

"할아버지는 언제부터 여기 계셨어요?"

내가 물었다.

"아주, 아주 오래전부터지. 이 소설을 쓰고 난 직후니까."

크리에이터는 긴 세월을 더듬듯 허공을 보며 대답했다.

"이야기해 주세요. 진실에 대해서."

자주는 진지한 표정으로 크리에이터를 바라봤다. 크리에이터 역시 한없이 신중한 눈빛을 우리에게 보내며 물었다.

"들을 준비가 됐니?"

우리는 동시에 고개를 끄덕였다. 그러자 크리에이터가 다시 물었다.

"둘 다 떠오르는 기억 중 가장 오래된 걸 말해 주겠니? 먼 과거의 기억 말이다."

자주가 먼저 말했다.

"전 아주 어릴 때 반란군 어른들과 모닥불가에 둘러앉아 고구마를 먹은 기억이 제일 오래된 거예요."

나는…….

"엄마와 놀았던 거요. 이야기를 이어가면서 놀았는데…… 그게 떠올라요."

"그러면 다시 묻겠다. 그 외에 다른 기억은 뭐가 있을까? 친구는 누구였지? 심하게 아팠던 적은? 아니면 아주 무서웠거나 슬펐던 적은? 그런 기억이 있니?"

나는 머리를 한참 굴렸다. 자주도 얼른 대답하지 못했다. 우리가 고민하고 있자 확신에 찬 목소리로 크리에이터가 다시 말했다.

"없을 거다. 왜냐하면 내가 너희에게는 그런 설정을 넣지 않았거든."

"설정이라면……."

내 말을 자르며 크리에이터가 다시 이야기를 이어갔다.

"너희는 주인공이 아니었단다. 딜리버 윤찬과 스트레인저 자주는 그저 잠깐 등장하고 사라지는 조연이었어. 너희 주위 인물도 마찬가지란다. 대부분은 이름도 없지. 반란군도 자세히 설정하지 않았어. 이렇게 말해서 미안하지만, 너희가 이런 역할로 성장하게 될 거란 건 설정한 나조차도 예측하지 못한 변수였지. 윤찬과 자주는 별다른 역할 없이 딜리버로, 그리고 반란군으로 잠깐 스치듯 등장하니까. 하긴, 내가 쓴 소설의 주인공에게 배신당해서 내가 이런 곳에 갇혀 있을 거란 사실도 전혀 몰랐지. 난 역시 별 볼 일 없는 소설가인 게 틀림없구나. 하하."

"조금 더 자세히 설명해 주세요!"

나는 슬슬 조급함과 초조함을 느끼며 말했다. 아주 안 좋은 이야기가 크리에이터 입에서 나올 것만 같았다. 물론 지금 들은 것으로도 충분히 나쁜 상상을 할 수 있었지만.

"오랜 옛날, 나는 소설을 썼단다. 내 직업이 소설가였거든. 나는 나를 대표할 수 있는 이야기를 만들고 싶었단다. 누구나 좋아하고, 열광하며, 찬사를 보내는 그런 이야기. 그래서 쓴 게 바로 이 이야기였어. 《바빌론》이라는 제목이었고, 상층부와 하층부로 나뉜 미래 세계에서 벌어지는 사건을 다루고 있었지. 정확히 말하자면, 주요 배경이었던 상층부, 즉 바빌론에 나쁜 지도자가 탄생하고 그를 무찌르는 위대한 영웅이 나타나 평화를 되찾는다는 내용이었단다. 나는 《바빌론》을 쓰기 위해 여러 가지 설정을 짰지. 심혈을 기울였단다. 나는 이 소설이 그야말로 살아 있는 듯 생생하기를 바랐거든. 적어도 내 소설 속에서만은 그 안의 인물이 모두 생명력을 가지고 있기를 소망했지. 그래서 주인공도 독특한 인물로 설정했단다. 바로 《바빌론》이라는 소설을 읽고, 그 안으로 들어오게 된 '독자' 즉, '리더'가 주인공이었지. 리더는 이미 《바빌론》을 읽었기에 나쁜 지도자의 행동을 다 알고 있었고 그래서 그를 막는 게 가능했던 거야. 아무튼 난 그렇게 생각하고 이야기를 완성했단다. 마침표를 찍었던 거지."

"리더라면 우리가 아는 그 리더 말이죠?"

자주가 물었다. 크리에이터는 고개를 끄덕였다.

"바로 그자지. 지금 이곳을 다스리는 폭군. 내 소설, 《바빌론》은 아주 큰 인기를 끌었고 많은 사랑을 받았지. 하지만 말이야, 그 안, 그러니까 소설 속 세계에서는 이상 현상이 일어나고 있었단다. 내가 의도하지 않았던 일이. 그건 바로 리더가 자신이 소설의 주인공이라고 자각하고 말았던 거야. 놈은 이 세계가 바뀌는 걸 절대 원하지 않았어. 하지만 소설가인 내가 존재하는 한 언제든 그럴 여지가 있었지. 실제로 난 리더를 대신할 주인공을 가지고 속편을 쓸 계획을 세우고 있었거든. 바로 그때 리더가 날 찾아왔단다. 놈은 내가 설정해 둔 의식을 꺼내는 기술을 사용해 내 몸에서 영혼만 빼낸 뒤 나를 여기에 가뒀지. 현실 세계의 나는 의식이 없는 채 아마 병원 침대 위에 계속 누워 있을 거다. 그렇게 해서 리더는 이 소설 속의 완전한 주인이 됐지. 영원히 변하지 않는 설정 속에서. 심지어 죽지도 않은 채 군림하는 거야. 그야말로 괴물이 되었지. 내가 만든 괴물이지만."

믿을 수가 없었다. 아니, 믿고 싶지 않았다. 내가 살고 있는 곳이 소설 속이라니, 그리고 내가 그 안의 인물이라니……. 문득 화가 치밀었다. 하층부 시민이 고생하는 이유도 엄마가 피해를 입은 이유도, 이런 게 모두 크리에이터가 쓴 소설 속 내용 때문이었을까? 그렇다면 크리에이터야말로 악당이 아닐까? 나는 발끈해서 질문을 던지려 했다. 하지만 이번에도 자주가 빨랐다.

"그런데 왜 리더는 계속 나쁜 짓을 하는 거죠? 아니면 모든 게 다 할아버지 설정 때문인 거예요?"

"리더는 자기처럼 소설의 벽을 깨고 나오는 인물이 또 있을까 봐 그걸 걱정했단다. 그래서 소설이란 소설, 책이란 책은 모조리 불태워 버리고 라이터를 찾아 상상력도 빼앗아 버렸지. 섀도를 만들어 낸 것도 그 이유 때문이란다. 아이는 어른보다 상상력이 더 뛰어나니까. 섀도들은 그 끔찍한 실험 과정에서 이 세계의 비밀 일부를 알게 된 거고. 리더는 그래도 안심할 수 없었지. 언젠가 그것이 나타날지 모르니까."

"이거 말이죠?"

나는 제목 없는 책을 들어 보이며 물었다.

"그래. 그건 내가 숨겨 놓은 일종의 반전이란다."

그때였다. 쿵! 하는 큰 소리가 들리더니 공간이 진동했다. 하늘이 갈라졌다가 다시 붙었고 나무 역시 흔들렸다가 제자리를 찾았다.

쿵! 쿵! 쿵!

소리는 계속해서 들려왔고 그때마다 공간은 진동했다.

"무슨 일이죠?"

내가 물었다. 그러자 크리에이터는 무거운 표정으로 허공을 보더니 우리를 향해 말했다.

"체이서들이야. 아무래도 리더가 이 공간까지 없애려는 모양이구나. 너희가 여기 있다는 걸 알게 된 모양이야."

"아까 상막 바로 앞에서 체이서를 봤어요."

내 말에 크리에이터는 고개를 끄덕였다.

"그놈이 빈 페이지와 작가의 말 사이를 지키고 있었는데, 리더가 들어오려 한다는 건 아마 그 체이서가 제거됐기 때문이겠구나."

그 말을 증명이라도 하듯 저 멀리서 핑크가 달려왔다. 작고 귀여운 강아지의 모습으로. 군데군데 털이 빠져 있긴 했지만 자주 품에 다시 안긴 핑크는 괜찮아 보였다.

쿵! 쿵! 쿵!

소리가 더 크게 울려 퍼졌다.

"이제 어쩌죠?"

내가 물었다.

"너희에겐 두 가지 선택권이 있단다. 하나는 이대로 일상으로 돌아가는 거야. 지금까지의 기억은 잊은 채 아무것도 모르는 상태로 그저 살아가면 된단다. 또 하나는 제목 없는 책을 이용해서 이 세계, 즉 내가 쓴 소설 속 세상을 완전히 바꾸는 거야."

"그게 어떻게 가능해요?"

자주가 물었다.

쿵! 쿵! 쿵!

마지막 '쿵'은 거의 귀 옆에서 망치로 때리는 것처럼 생생하게 들렸다. 공간이 무너지려 하고 있었다.

"제목 없는 책은 뭔가가 적힌 책이 아니란다. 거기에 직접 이야기를 쓰는 용도지. 그 책에 이야기가 기록되는 순간, 세상은 바뀌게 될 거야. 그렇지만 이야기를 쓰는 사람은 큰 짐을 짊어지게 될 거란다."

"하지만……."

"자, 빨리 선택해야 해. 시간이 없구나."

나는 묻고 싶은 게 많았지만, 시간이 없다는 사실에 동의할 수밖에 없었다. 하늘에 균열이 가기 시작했다.

자주를 봤다. 자주도 나를 봤다. 모든 걸 잊고 살아간다면 엄마도 괜찮아지는 걸까? 반야도 다시 만날 수 있겠지? 내가 소설 속 인물이라는 사실 역시 잊을 테니 고민 같은 것도 하지 않으리라. 하지만 그걸 '삶'이라 부를 수 있을까?

"할게요!"

"할게요!"

우리는 동시에 같은 말을 했다. 무엇을 할 거라고 이야기하진 않았지만 나도, 자주도, 그리고 크리에이터도 다 알고 있었다.

"잘 선택했다. 너희라면 충분히 할 수 있을 거야. 자, 그러면 이것부터 받거라."

그 말과 함께 크리에이터는 나를 향해 연필을 내밀었다. 아마 이걸 이용해 제목 없는 책에 쓰면 되는 것 같았다. 나는 말없이 그걸 받아 들었다.

그 순간이었다. 쩡! 하는 소리가 들리더니 드디어 하늘 한 편이 무너져 내렸다. 그 사이로 누군가가 얼굴을 들이밀었다. 그제야 자주와 나는 똑똑히 봤다. 아니, 처음 봤다. 리더의 얼굴을. 안경을 쓴 그는 지극히 평범한 인상의 남자였다. 어디에서나 흔히 볼 수 있는 모습. 그 흔하디흔한 얼굴이 잔뜩 찡그린 채 분노를 표출하고 있었다.

"이제 어쩌죠?"

내가 리더에게서 눈을 떼며 그렇게 물었을 땐 이미 검은색 문이 만들어진 다음이었다. 크리에이터는 자기 옆에 생겨난 문을 가리키며 잔뜩 지친 말투로 이야기했다.

"자, 이 안은 마지막 페이지란다. 여기에서 이야기를 완성하렴. 내 힘은 여기까지구나. 그리고 한 가지 더. 이야기를 쓰는 이는 절대 등장인물이 되어선 안 된단다."

크아아아.

체이서가 괴성을 내지르며 하늘을 뜯어내기 시작했다. 한둘이 아니었다. 여러 마리였고, 그랬기에 몰려오는 섬뜩함 역시 몇 배는 더 컸다.

"들어가자."

자주가 나를 보며 말했다. 이미 확고하게 결심한 눈빛이었다. 나는 고개를 끄덕했다.

"진실을 알려 주셔서 감사해요."

나는 마지막 페이지로 향하기 전 크리에이터에게 말했다. 그는 슬쩍 웃더니 의미심장한 표정으로 이야기했다.

"진실은 언제나 여러 거짓말 속에 존재하지."

내가 등을 돌렸을 때 이제는 정말로 꺼질 듯 작은 소리로 크리에이터가 한마디를 더했다.

"그곳에 내게 줄 선물도 있단다."

이야기 전달자

공간은 매우 좁았다. 하나의 문과 하나의 창문, 그리고 하나의 책상과 하나의 의자만 있었다. 아마 그 의자에 앉아 이야기를 쓰면 되는 모양이었다. 책상 위에는 갈색 표지로 덮인 얇은 책도 한 권 놓여 있었다. 나는 자주를 향해 물었다.

"누가 쓸까?"

그 질문에는 뭘 쓰는가와 어떻게 쓰는가도 함께 담겨 있었다. 자주라면 내가 뭘 묻고자 하는지 왠지 잘 알 것 같았다. 하지만 자주는 무슨 말이냐는 듯 눈을 동그랗게 뜨고 나를 봤다.

"이야기를 쓰는 사람은 너야, 윤찬!"

"응? 왜 나야? 나는 그냥 딜리버⋯⋯."

"모르겠어? 네가 어릴 때 엄마와 했던 놀이, 그리고 엄마가 해 주셨던 이야기, 이런 것들이 바로 이 순간을 위한 거였어! 네겐 상상력이 있어. 무엇보다 넌 하고 싶은 이야기가 있잖아. 안 그래?"

하고 싶은 이야기……. 그건 맞는 말이었다. 나는 분명 하고 싶은 이야기를 품고 있었다. 그건 공존과 평화에 관한 이야기였다. 누구도 차별받지 않고 사는 세상. 서로 도우며 함께 사는 세상. 그리고 서로가 서로를 미워하고 증오하며 공격하지 않는, 평화로운 세상. 나는 그런 이야기를 하고 싶었다.

하지만 이야기를 만들어 내는 방법은 이미 잊은 지 오래였다. 엄마와 그런 놀이를 했던 게 5년도 더 전이었으니까.

"하아."

저절로 한숨이 나왔다. 머리를 쥐어뜯었다. 잠시 후 내 눈에 들어온 건 바로 그 책이었다. 갈색 표지의 책. 이런 게 왜 여기 있는지 궁금해하며 나는 그 책을 펼쳤다. 거기엔 뭔가가 적혀 있었다. 손으로 쓴 글씨였다. 내용이 길지 않았기에 재빨리 훑어 볼 수 있었고, 나는 그 짧은 순간에 울음을 터트리고 말았다. 책에 적힌 내용은 소년이 영웅으로 자라 악을 물리치는 이야기였다. 그리고 그건 오래전 엄마와 내가 만들어 갔던 바로 그 이야기이기도 했다. 나는 깨달았다. 이 책이 바로 엄마가 라이터로서 쓴 소설이자 작품이라는 사실을.

'그곳에 내게 줄 선물도 있단다.' 크리에이터가 했던 말의 뜻을 이해했다. 나는 책의 첫 페이지를 펼쳤다. 《하층부의 영웅》

이라는 제목이 눈에 들어왔다. 제목은 내가 떠올린 것이었다. 나는 책을 내려놓으며 말했다.

"쓸게. 아니, 쓰고 싶어. 쓸 수 있을 것 같아."

의자에 앉았다. 눈물을 닦아 내니 정신이 조금 돌아왔다. 숨을 한 번 고른 뒤 책상에 제목 없는 책을 내려놓고 펼쳤다. 첫 페이지였다. 아무것도 적혀 있지 않은 그 흰색 종이를 보자 살짝 현기증이 일었다. 막막한 게 사실이었다. 글이란 걸, 소설이란 걸 써 보는 건 처음이었으니까. 엄마가 쓴 글을 읽는 것과는 분명히 달랐다.

뭐부터 해야 할까? 고민하던 나는 엄마와 이야기 이어가기 놀이를 했을 때 들었던 말을 떠올렸다.

'이야기를 만들려면 먼저 제목부터 지어야 해.'

제목. 그거였다. 그래서 그때 내가 '하층부의 영웅'이라는 제목을 떠올렸었다. 크리에이터는 자기가 쓴 이 세상에 '바빌론'이라는 이름을 지어 주었다. 그렇다면 나는 제목 없는 책에 어떤 제목을 넣어야 할까? 여러 단어와 문장이 마구잡이로 떠올랐다가 사라졌다.

내가 입술을 잘근잘근 씹으며 고민하는 사이 멀리 떨어진 어딘가에서 다시 쿵! 하는 소리가 들려왔다. 리더는 포기하지 않고 이 공간까지 들어오려는 것 같았다.

"서둘러."

자주가 말했다. 그러고는 덧붙였다.

"뭐든 제때 배달하는 딜리버 윤찬의 실력을 보여 줘."

그 말을 듣는 순간 뭔가가 퍼뜩 머릿속을 스치고 지나갔다. 딜리버? 나는 망설이지 않고 첫 페이지 위에 크게 '딜리버'라고 썼다. 그러고는 그 아래에 조금 작은 글씨로 '이야기 전달자'라고 적었다.

딜리버

이야기 전달자

"됐어! 제목을 정했어."

기쁨에 차서 소리쳤지만…… 아직 갈 길이 멀었다. 이제 막 배달하려고 출발한 거나 다름없었다. 하지만 나는 알았다. 때로는 모든 일이 술술 풀려 제시간보다 훨씬 일찍 배달하게 되는 경우도 있다는 사실을.

나는 왠지 긴장되는 마음을 진정시키려고 숨을 골랐다. 크리에이터의 말이 사실이라면 지금부터 내가 쓰는 이야기에 따라서 이 세계가 바뀌는 것이다. 과연 내가 이렇게 중요하고 위험한 일을 해도 될까?

쿵!

갑자기 문이 진동했다. 깜짝 놀라 하마터면 연필심을 부러뜨릴 뻔했다. 문은 꽤 튼튼하게 만들어졌는지 진동하는 데 그쳤지만 공격을 계속 버티지는 못할 것 같았다. 자주가 말했다.

"네가 쓰고 있는 동안 염력으로 문을 잡고 있을게. 그러니 너도 힘내."

"아, 알았어."

밖에서 목소리가 날아든 건 바로 그때였다.

"순순히 나오면 너희 목숨을 살려 주는 건 물론이고 소원도 들어주겠다."

부드럽고 상냥한 목소리였다. 리더였다. 자주와 나는 대답하지 않았다. 그래도 리더는 계속 말했다.

"윤찬은 어머니를 상층부로 모시고 가 치료받게 해 줄게. 어때? 그리고 자주는 네 반란군 친구 모두를 용서하고 상층부에 살게 해 주겠어. 좋은 제안이지 않아?"

"현혹되지 마. 그저 네 이야기를 써."

자주가 말했다. 나는 책에 집중했다. 어떻게 시작하면 좋을까? 아니, 어떻게 시작해야 좋은 이야기가 될까? 고민하던 나는 결국 신중하게 첫 문장을 쓰기 시작했다.

아주 오래전, 인류는 환경 파괴를 멈추고 지구를 되살려 냈다.

그 순간이었다. '되살려 냈다'까지 쓰고 마침표를 찍은 바로 그때, 뭔가가 바뀌는 걸 느낄 수 있었다.

"안 돼!"

밖에서 리더의 찢어질 듯한 외침이 들렸다. 그러더니 곧 쿵! 쿵! 쿵! 그 소리가 연달아 들렸다. 체이서들의 괴성도 뒤섞였다. 무슨 일이 있어도 안으로 들어와 내 이야기를 막겠다는 강렬한 의지가 느껴졌다. 그랬기에 나는 쓰는 데 더 집중했다.

길고 긴 평화가 계속되던 때, 사람들은 일상에서 뭔가가 사라졌다는 걸 깨달았다. 그것이 무엇인지 알 수도 없을 만큼 오랫동안 '그걸' 잊고 있다가 문득 떠올린 것이었다. 하지만 사람들은 그것의 이름조차 알지 못했다. 그래서 만나면 다들 이렇게 말할 뿐이었다.

"요즘 그게 없지 않아?"

"맞아. 그게 없어서 심심해."

"근데 그게 뭔지 모르겠어."

다른 건 부족함이 없었다. 인공지능 로봇의 도움으로 인간은 과거에 하지 못했던 여러 일을 해 나가며 풍족하게 살고 있었다. 전쟁도 오래전에 끝났고 큰 병이 돌지도 않았다. 대부분의 자연재해는 예측하는 데 성공해 막거나 피할 수 있었다. 그러니 다들 부족함을 느끼지 못해야 했고, 실제로 그랬는데 어느 순간부터 마음이 허전해진 것이었다.

세계의 지도자들은 한데 모여 머리를 맞댔다. 그 자리에는 유명한 과학자와 철학자, 그리고 종교 지도자도 함께했다.

"우리가 잊은 게 뭘까요?"

누군가가 물었지만 아무도 제대로 된 대답을 내놓지 못했다.

"어렴풋이 기억하기로는 아주 재미있었던 것 같은데……."

또 다른 누군가가 그렇게 말하자 다들 동의했다.

"이제는 그 단어조차 기억나지 않으니 사실 쓸모없는 건 아닐까요?"

과학자의 말에 철학자가 반론을 펼쳤다.

"쓸모가 없었다면 인류 전체가 이렇게 허전함을 느끼지도 않았을 겁니다. 분명히 우리에게 필요한 무언가예요."

그때, 그 자리에서 가장 젊은 지도자가 기억을 떠올리듯 천천히 말했다.

"제가 아주 어릴 때 할머니께서 자기 전이면 항상 '그걸'해 주셨어요. 그럼 전 '그걸' 듣고 즐거운 상상을 하며 잠에 빠져들었죠. 그게 기억날 듯한데…… 맞아요! 이야기! 그런 단어였어요."

이야기! 그 단어를 듣는 순간 자리에 있던 모든 이들의 머릿속에 기억이 떠올랐다. 현재의 인류가 가장 원하는 건 다름 아닌 이야기였다.

쉬지 않고, 마치 홀린 것처럼 쓰고 난 뒤 고개를 들었을 때였다. 드디어 문이 떨어져 나갔다. 자주는 주저앉아 있었다. 아마 힘을 다 쓴 모양이었다. 그것도 모르고 나는 쓰는 데에만 몰입하고 있었다. 핑크가 다시 큰 개로 변해서 막 들어오려는 체이서 앞을 가로막은 채 맹렬하게 짖어 댔다. 그 광포한 생물들은 핑크 때문에 들어오는 걸 주저했다. 뒤에서 리더 목소리가 들렸다.

"뭐해? 빨리 들어가서 끌어내!"

나는 다시 연필을 들었다. 이제 확실히 알 것 같았다. 내가 이야기를 써서 바꿀 수 있다는 것을. 다만 이미 존재하는 것을 사라지게 만들고 싶지는 않았다. 그래서 썼다.

그래서 전 세계에서는 사라진 이야기를 추적하는 선량하고 똑똑한 자들을 선정했고, 그들을 '체이서'라고 불렀다.

놀라운 일이 일어났다. 체이서의 모습이 바뀌기 시작했다. 들고 있던 쇠사슬도 사라지고 흉측했던 그 얼굴도 변했다. 키도 작아졌다. 검은색 옷도 푸른색이 되었다. 이상한 생물체였던 체이서가 인간으로 변했다. 젊거나 나이가 많거나, 혹은 남자이거나 여자인 인간들 여럿이 방금까지 괴성을 질러 댔다는 게 믿기지 않을 정도로 환한 표정을 짓더니 어딘가로 다들 달려갔다. 아마 이야기를 추적하려는 거겠지.

이제 남은 건 리더였다. 그는 망연자실한 표정을 한 채 안으로 들어왔다.

"결국 이렇게 되고 말았어. 내가 그토록 염려했던 일이 일어나고 말았어! 난 계속 주인공이었어야 했는데 이 세계의 진짜 주인이었어야 했다고!"

리더는 광분해서 소리쳤다. 비틀거리며 일어난 자주가 그런 리더에게 한마디를 던졌다.

"각자, 모두가 주인공이야."

"그런 건 주인공이 아닌 것들이나 뱉을 법한 대사지. 자, 이제 마음대로 해. 단, 나도 마지막 선물을 준비했으니까 그렇게 알라고."

"그게 뭐지?"

자주가 물었다. 나는 리더의 돌발 행동에 대비해 얼른 연필을 고쳐 쥐고 쓰기 시작했다.

"바로 이거."

리더는 그 말과 함께 주머니에서 작은 단추를 꺼냈다.

"뭐야, 그게?"

자주가 뺏으려 했지만 리더는 휙 뒤로 물러났다. 그러고는 쿡쿡 웃으며 말했다.

"이제 상층부와 하층부 가릴 것 없이 이 세계의 모든 인간에게 너희가 소설 속 등장인물일 뿐이라는 메시지가 전송될 거야. 자기가 실재하지 않는다는 사실에 두려워하고 절망했으면 좋겠거든."

"안 돼!"

자주가 리더에게 달려들었다. 리더는 단추를 뺏기지 않으려고 높이 들었다. 그러고는 꾹 누르려고 했다. 자주가 바로 반격했다. 무릎을 이용해 리더의 사타구니를 찬 것이다.

"윽!"

리더는 신음을 흘리며 단추까지 떨어뜨렸다. 자주가 단추를 향해 몸을 날렸다. 리더도 가만히 있지는 않았다. 자주의 다리를 잡고 쭉 당겼다. 순간, 자주가 염력을 발휘했다. 단추는 저만치 튕겨 나갔다.

"핑크!"

자주가 외치자 핑크는 단추를 향해 달려갔다. 하지만 단추는 벽에 너무 세게 부딪히며 튀어서 오히려 리더의 손에 쏙 들어가고 말았다.

"결국 이렇게 될걸 너무 고생한 거 아니야? 그럼 이제 내 선물을 받도록……."

리더가 단추를 누르려 했다. 그 순간 내가 말했다.

"아니, 그런 일은 일어나지 않아."

"뭐?"

"방금 이렇게 썼거든."

┌─┐
│ 리더는 좋은 이야기를 선별하는 일을 담당했다.

"잠깐! 나, 나는 그딴 일⋯⋯."

하지만 리더의 말은 이어지지 못했다. 딱딱하게 굳어 있던 그의 얼굴이 풀어지며 자연스럽고 부드러운 미소가 떠올랐다. 리더는 휘파람까지 불면서 밖으로 나갔다. 아마 그도 자기에게 맡겨진 임무를 수행하러 가는 것이리라.

"됐어! 이제, 이제 끝났어."

그토록 씩씩했던 자주는 비틀거리더니 책상을 짚고 섰다. 눈에 눈물이 그렁그렁했다.

"자주, 네가 이 세계를 구한 거야. 네 덕이야."

나는 진심을 담아 말했다.

"아니야. 우리가 함께해서 이렇게 될 수 있었어. 어서 나머지 이야기도 써. 아! 그 전에 나 잠깐 봐도 돼?"

자주는 책을 가리키며 물었다.

"그럼! 당연하지."

자주는 내가 쓴 책을 찬찬히 읽어 내려갔다. 그러고는 웃으며 내게 말했다.

"이제 제목이 생겼네. 《딜리버-이야기 전달자》라니 좋은 제목이야."

"고마워. 네 말에서 힌트를 얻어서 제목을 정할 수 있었어. 신기하게도 그런 다음에는 술술 이야기가 나왔어. 이제 더 써야지."

"그래. 얼른 써. 난 좀 쉴게."

자주는 다시 다가온 핑크를 끌어안으며 말했다. 나는 그런 자주를 보며 이제 말해야 할 순간이라는 걸 깨달았다.

"자주야."

"응?"

"이제 우린 헤어져야 해."

"그게 무슨 말이야? 이제 어디서나 쓸 수 있으니까 함께 움직이면 되잖아."

"크리에이터가 했던 말 기억해? 이야기를 쓰는 사람은 절대 등장인물이 되면 안 된다고. 아마 제2의 리더가 생기는 걸 막기 위해서 한 말일 거야. 그리고 쓰는 사람은 큰 짐을 진다고 했지. 그렇다는 건……."

"아……."

자주는 바로 이해한 듯했다. 나는 이야기를 써야 한다. 그러니 이야기 속에 속할 수는 없다. 하지만 자주는 다르다. 자주는 내가 만든 새로운 이야기의 등장인물이 되어야 한다. 그러고 나에 관한 기억은 잊을 것이다. 혼자 남은 나는 결국 계속해서 이야기를 쓰리라. 짐을 짊어진 채, 외로이. 자주가 봤다고 했던 미래, 어른인 누군가가 등을 돌린 채 무언가를 쓰던 건 아마 내 모습이었을 것이다.

"그러니 넌 어서 가. 난 여기서 좀 더 쓰고 있을게."

나는 웃으며 말했다. 자주는 뭔가 할 말이 많은 표정으로 나를 보다가 고개를 푹 숙였다. 아랫입술을 깨무는 게 보였다. 나는 마음을 진정시키려고 한숨을 쉬었다. 따뜻하면서도 부드러운 감정이 천천히 차올랐다.

"멋지게 완성해 줘."

드디어 고개를 든 자주가 그렇게 말했다. 웃고 있었다. 그래서 내 마음도 편했다.

"물론이지. 기대하고 있어!"

"응."

자주는 그 말과 함께 손을 내밀었다. 나는 그 손을 잡았고, 우리는 가볍게 악수했다.

자주가 나간 뒤 나는 다시 이야기를 썼다. 그냥 이야기가 아니었다. 제목이 붙은 어엿한 소설이었다. 나는 쓰는 게 막힐 때마다 첫 페이지로 돌아가 제목을 다시 읽었다. 그걸 보고 나면 다시 이야기가 샘솟았다.

　　자주는 질풍에 올라 저만치 떨어진 마을 입구를 바라봤다. 이야기를 전달하는 자, 딜리버로 뽑힌 지 이제 한 달이 지났다. 그동안 여러 마을을 돌아다니며 이야기를 전달해 왔다. 자주는 알고 있었다. 이 순간에도 세계 곳곳에서 이야기를 찾고 있으며 새로운 이야기를 만들어 내는 라이터와 그걸 편집하는 에디터 역시 속속 생겨나고 있음을. 하지만 작은 마을까지 이야기를 전달하기 위해서는 딜리버가 꼭 필요했다. 자주가 마을로 들어서자 아이들부터 시작해 어른들까지 모두 달려 나와 환영했다. 그들 모두 오늘 듣게 될 이야기를 잔뜩 기대하고 있었다.

　　"이 이야기는, 반야라는 인공지능 로봇의 모험담이에요. 반야가 얼마나 재미있는 친구인가 하면……."

　　자주의 이야기가 시작됐다. 다들 귀를 기울였다. 다들, 집중했다. 누구 하나 떠들지 않았고……. 누구나 미소 지었다. 이야기는 그만큼 재미있었다.

　　앞으로도 나는 아주 오래 이야기를 쓰게 될 거라고, 그럴 수밖에 없다고 깨닫고 있었다. 밥은 언제, 어떻게 먹어야 할지 잠은 또 어떻게 해야 할지 알 수 없었다. 다만 이야기를 쓰는 동안에는 그런 게 그리 중요하지 않을 거라는 건 알았다.

　크리에이터는 자기가 모든 캐릭터를 통제할 수 있다고 생각했다. 오판이었다. 누군가가 만들어 낸 이야기 속에서도 각 인물은 자기만의 삶을 살아간다. 나는 그 사실을 알게 됐다. 그러니 크리에이터가 저지른 실수를 되풀이하지 않을 작정이었다. 《바빌론》의 세계관 속에서 모든 게 바뀐다. 이 이야기만은 모두가 평화롭고, 누구도 싸우지 않으며, 아무도 서로를 미워하지 않는 소설이 될 터였다.

　나는, 다시 열심히 쓰기 시작했다.

이야기를 전하는 소녀

모두에게 이야기를 전달해 준 자주는 그날 밤, 마을에서 묵게 되었다. 이야기하는 자주도, 듣는 마을 사람들도 시간 가는 줄 몰랐기에 정신을 차리고 보니 벌써 저녁이었다.

"너무 늦었으니 저녁 먹고 편히 자고 가요."

마을 이장이 말했다. 자주는 알겠다고 했다. 이야기를 전달하다 보면 집이 아닌 곳에서 묵는 일이 꽤 있었다. 이제는 그런 상황에도 익숙해졌다.

마을에서 정성스레 차려 준 저녁을 배불리 먹은 자주는 푹신한 침대에 누웠다. 늦은 밤이었다. 피곤이 몰려올 시간이었지만 눈을 말똥말똥하게 뜨고 있었다. 그런 채로 천장을 올려다봤다. 이런 날, 이런 시간에는 꼭 어떤 추억이 밀려왔다. 아니다. 기억이라고 해야 할까? 아무튼 낯설지 않은 감각과 함께 아련한 기운이 자주의 마음을 흔들었다. 그러면서 한 사람의 이름이 떠올랐다.

윤찬.

자주는 윤찬이 누구인지 전혀 몰랐다. 추억이니 기억이니 말했지만, 사실 한 번도 만난 적이 없었다. 이 세상에는 분명 그런 이름을 지닌 사람이 존재하겠지. 그러나 적어도 자주 주위에는 없었다. 그런데 왜 그 이름이 자꾸 떠오를까? 그리고……

윤찬이라는 이름을 떠올리면 항상 따뜻하고 부드러운 바람이 머리카락을 스치는 듯한 느낌을 받았다. 그건, 꽤 기분 좋은 감각이었다.

한번은 라이터에게 물었다. 그는 이 세계에서 가장 오래된 라이터로 끝없이 넓은 도서관의 주인이기도 했다.

"윤찬……, 그 이름이 계속 머릿속에서 떠나지 않아요. 왜 모르는 사람 이름이 자꾸 떠오르는 걸까요?"

자주가 그렇게 묻자, 라이터는 의미심장한 표정을 지으며 대답했다.

"저 멀리 이국의 한 현자는 이렇게 말하더구나. 우리에게는 전생이란 게 있다고."

"전생이요?"

"응. 이전 생에서 특별한 관계였던 사람은 지금 생에서도 비슷한 관계를 맺을 수 있다고 해. 그리고 그런 존재는 단번에 알아볼 수도 있다고 하지. 윤찬이라는 그 사람, 자주 네 전생에서 중요한 존재가 아니었을까?"

자주는 딱히 전생을 믿지 않았지만 라이터의 그 이야기는 무척 재미있었다. 게다가 꽤 설레기도 했다. 자주는 확신했다. 자기가 윤찬을 만나면 바로 알아보리라는 사실을.

오랜 시간이 지났다. 자주는 더 이상 소녀가 아니게 되었지만 이야기를 전달하는 딜리버 일을 계속해 나갔다. 그 사이 이 세계는 풍요롭고, 재미있고, 평화롭게 되었다. 많은 이들이 상상력을 발휘하게 되었다. 설령 서로 다툴 일이 있더라도 상상력을 통해 다툼의 끝을 미리 짐작해 보고 다시 화해하게 되는 경우도 많았다. 그러니 차츰 전쟁이나 싸움 같은 단어가 사라져 갔다.

어느 날, 라이터가 바로 그 도서관에서 자주에게 말했다. 자주가 더는 소녀가 아닌 만큼, 라이터 역시 훌쩍 나이가 들고 말았다.

"자주야, 너도 이제 직접 이야기를 만들어 보면 어떻겠니? 내 생각에는 너도 이제 충분히 멋진 이야기를 만들어 낼 수 있을 것 같구나."

"제가요? 전 그런 재주가 없어요."

"이야기를 쓸 수 있을지 없을지는 실제로 시작하기 전까진 아무도 모르는 거란다."

"하지만⋯⋯."

"해 보렴. 너무 어렵게만 생각하지 말고 지금껏 네가 읽고 들은 이야기를 바탕으로 너만의 이야기를 만드는 거야. 준비 같은 건 필요 없단다. 네가 가진 노트와 연필, 그것만 있으면 돼. 거기서부터 시작하는 거란다."

자주는 라이터의 제안에 마음이 흔들렸다. 사실 마음속에서는 이미 이야기가 차오르고 있었다. 아주 신나고, 아주 흥미진진하고, 아주 특별한 이야기가.

그날 밤, 자주는 노트를 펼쳐 놓고 앉았다. 연필을 들었다. 그러고는 머릿속에 수도 없이 그려 보았던 자기만의 이야기를 쓰기 시작했다. 집중해서, 그리고 즐거운 마음으로.

사각사각.

연필이 이야기를 만들어 내는 소리가 도서관에 작게 울렸다. 자주는 알았다. 자기가 이 이야기를 결국 끝내게 될 것이란 사실을.

딜리버가 지켜야 하는 규칙은 간단하다. 무엇이든 배달할 것. 단, 배달료는 무조건 딜리버가 정한다. 그래서 배달할 게 무엇인지, 어떤 어려움이 생길지 정확하게 파악하고 적정한 배달료를 책정하는 것 역시 딜리버가 갖추어야 할 능력 중 하나다. 물론 탑 티어 딜리버일수록 부르는 게 값인 경우가 많다. 온갖 위험이 도사리는 하층부에서 안전하고 신속하며 정확하게 배달하는 탑티어 딜리버의 존재는 그만큼 희귀하고 대단하다.

그리고 내가 바로 그 탑티어 딜리버, 윤찬이다.

장르 소설을 주로 쓰는 나는 디스토피아 장르를 무척 좋아한
다. 멸망한 세계에서 살아남은 이들이 겪게 되는 무자비하고,
공포스러우며, 긴장감 넘치는 이야기는 언제나 손에 땀을 쥐게
한다. 특히 디스토피아 세계관 안에서 독재자에게 대항하는 평
범에 가까운 이들의 사연을 보여 주는 것도, 그런 걸 읽는 것도
정말로 좋아한다.

《딜리버 – 이야기 전달자》는 내가 좋아하는 요소를 모두 집어
넣었다. 디스토피아, 계급 사회, 목적이 뚜렷한 주인공, 능력을
지닌 또 다른 주인공, 그리고 여러 가지 우연이 쌓이고 쌓여 인
연이 되면서 결국 운명을 짊어지게 된 이들…….

어쩌면 흔하디흔한 이야기일 수도 있는 이 이야기를 나는 조
금 더 특별하게 만들고 싶었다. 처음 이야기를 떠올렸을 때부터
결말은 이미 나와 있었다. 여러분이 읽은 바로 그 장면이다. 소
설을 쓰는 윤찬의 모습. 나는 어떤 소설이든 원래 결말을 정해
놓고 쓰는데, 이번 작품에서의 두 주인공은 좀처럼 작가 마음대

로 움직여 주지 않았다. 이럴 때는 그냥 캐릭터가 어디까지 가는지 지켜봐야 한다. 늘 그랬다. 어쨌든 둘은 바른길, 그러니까 내가 정해 놓은 결말을 향해 힘차게 달려갔다. 한눈팔지 않았다. 그 뒷모습을 지켜보는 게 좋았다.

《딜리버 – 이야기 전달자》는 SF 액션 활극을 가장한 '이야기'에 관한 작품이다. 나는 이 책을 통해서, 내가 늘 주장하는, 이야기의 생명력과 이야기가 지닌 힘에 대해 말하고 싶었다. 우리가 상상력을 가지고 있는 한, 내 안에서 뻗어나간 이야기는 어딘가에서 생명력을 얻어 세계관을 이루게 된다. 그런 일을 하는 게 바로 소설가다.

혹시 여러분도 소설가가 되고 싶은가? 어떤 세계를 새로 만들고, 고치고, 쭉 이어 가고, 나아가 그 세계를 다른 이들에게 보여 줘서 재미를 선사하고 싶은가? 지금 이런 꿈을 꾸고 있는가?

그렇다면 아직 늦지 않았다고 말하고 싶다. 윤찬이 그랬던 것처럼 우리는 모두 나만의 이야기를 만들 수 있다. 생명력으로 가득한 이야기를.

  언젠가 선배에게 들었던 귀한 조언을 덧붙이며 이 글을 마칠
까 한다.

  "너한테 쓸 수 있는 용기가 있는 한, 이야기는 자연스럽게
  탄생해서 새로운 세계를 만들어 낼 거야. 그러면 그 세상 속
  에서는 작가가 짐작도 못 하는 일이 벌어지게 되는 거지."

  그런 일이 이 책《딜리버 – 이야기 전달자》에서도 이루어지길
바라며, 마지막으로 독자 여러분께 사랑과 감사를 전한다.

전건우

딜리버 이야기 전달자

1판 1쇄 인쇄 | 2026. 1. 20.
1판 1쇄 발행 | 2026. 2. 12.

지은이 전건우

발행처 김영사 | **발행인** 박강휘
편집 이은지 | **디자인** design S | **마케팅** 곽희은 김나현 | **홍보** 허한아 최윤아
등록번호 제 406-2003-036호 | **등록일자** 1979. 5. 17.
주소 경기도 파주시 문발로 197(우10881)
전화 마케팅부 031-955-3100 | 편집부 031-955-3113~20 | 팩스 031-955-3111

값은 표지에 있습니다.
ISBN 979-11-7332-492-5 43810

좋은 독자가 좋은 책을 만듭니다. 김영사는 독자 여러분의 의견에 항상 귀 기울이고 있습니다.
전자우편 book@gimmyoung.com | 홈페이지 www.gimmyoung.com